Thomas C. Brezinas Liz Kiss bei Schneiderbuch:

Liz Kiss – Band 1: Mauerblümchen duften besser

Liz Kiss – Band 2: Maskenmädchen reizt man nicht

© 2013 Schneiderbuch
verlegt durch EGMONT Verlagsgesellschaften mbH
Gertrudenstraße 30–36, 50667 Köln
Alle Rechte vorbehalten
Titelbild und Illustrationen: Naomi Fearn
Lektorat: Maurice Lahde
Umschlaggestaltung: Maximilian Meinzold, München
Satz: Achim Münster, Köln
Printed in Germany (671575)
ISBN 978-3-505-13014-4

Die Egmont Verlagsgesellschaften gehören als Teil der Egmont-Gruppe zur **Egmont Foundation** –
einer gemeinnützigen Stiftung, deren Ziel es ist, die sozialen, kulturellen und gesundheitlichen
Lebensumstände von Kindern und Jugendlichen zu verbessern.

Weitere ausführliche Informationen zur Egmont Foundation unter **www.egmont.com**.

THOMAS C. BREZINA

LIZ KISS

MASKENMÄDCHEN REIZT MAN NICHT

Schneiderbuch

EGMONT

1

Liz Kiss steckte in der grässlichsten Klemme ihres Lebens. Der enge Schacht, durch den sie robbte, war ihr zur Falle geworden. Hier gab es keine Wand, die sie hochkrabbeln konnte, keine Decke, an der sie hocken konnte wie eine Fliege, keine bewundernden Blicke, die sich auf sie richteten.

Nicht einmal zu einem Blitzsprung war sie fähig.

Sie hatte keine Kapuze mehr, die sie tarnte. Und ihr Ninja-Anzug war von oben bis unten dreckig.

Ungeduldig klopfte jemand in der Ferne an das Blech. Sie tat ihm nicht den Gefallen, auch zu klopfen und auf diese Weise ein Zeichen zu geben, dass sie unterwegs war. Besser erschien es ihr, ihn im Unklaren zu lassen.

Sie kroch weiter. Unter ihren Fingern fühlte sie etwas Weiches und riss die Hand hoch. Igitt! Sie hatte keine Ahnung, was das gewesen sein könnte. Hoffentlich keine tote Maus. Es hatte wirklich viele Vorteile, kein Licht zu haben und von Dunkelheit umgeben zu sein.

Liz fluchte. Wie sollte man jemand wie sie nennen?

Versagerin!

Verliererin!

Angeberin!
Blödmann! Nein! Korrekt hieß es Blödfrau.
Niete!
Blöde Kuh!
Ninja-Tussi!
Fliegendreck!
Gangsterbraut!
Zasterzicke!

Zasterzicke? Liz fand endlich wieder einen Grund, ein bisschen stolz auf sich zu sein. Obwohl sie in einer ausweglosen Lage war, fiel ihr ein Name wie Zasterzicke ein.

Das war doch etwas. So etwas schaffte nicht jede. Dafür musste man schon Liz Kiss sein. Oder war das doch die Elie Hart in ihr? Oder war nicht vielmehr Elie Hart die Versagerin, die Verliererin, die Blödfrau, die Niete, die blöde Kuh?

Liz Kiss musste eine kleine Pause einlegen. Sie war eben keine Superheldin. Höchstens in ihrer Fantasie.

Wie konnte sie nur in so eine Lage geraten? Wie hatte sie in so kurzer Zeit so viel Blödsinn angestellt?

Eigentlich war alles Elies Schuld. Überhaupt war Elie zu nichts zu gebrauchen. Dummerweise würde Liz nie von ihr loskommen. Sie würde aber auch nie fähig sein, mit ihr auszukommen.

Sie erinnerte sich genau, wie alles angefangen hatte.

Es war in der Schule gewesen, und Elie hatte diese Unruhe befallen, die Liz im Rückblick einfach nur doof fand …

Wie sollte Elie das nur schaffen?

Sie warf einen Seitenblick auf Mara, die neben ihr saß. Maras leicht vortretende große Augen wanderten zwischen Frau Jenwein und ihrem Heft hin und her. Sie hörte aufmerksam zu, was die Englischlehrerin über die Kreideklippen von Dover erzählte, und machte sich dazu Notizen.

Ob Mara dafür geeignet war?, überlegte Elie. Mara und sie kannten einander seit dem Kindergarten, und seit sie gemeinsam zur Schule gingen, saßen sie nebeneinander. Sie waren Freundinnen, aber irgendwie auch wieder nicht. Echte Freundinnen hatten keine Geheimnisse voreinander, sondern erzählten sich alles.

Sie spielt wieder die verschlossene Auster, dachte Elie. Immer wieder geschah es, dass Mara auf eine Frage nur „Hm!" machte und schwieg. Elie wusste mittlerweile, dass es völlig sinnlos war, nachzubohren. Sie würde keine Antwort bekommen.

Nun gab es auch in Elies Leben etwas, das sie unbedingt jemandem erzählen wollte. Es musste aus ihr heraus, sonst würde sie platzen.

„Starr mich nicht so an", flüsterte Mara.

Elie zuckte ertappt zurück. Sie hatte tatsächlich gestarrt, während sie überlegte, ob Mara als Vertraute zu gebrauchen war. Verlegen beugte sie sich über ihr eigenes Heft, in dem aber nur das Datum stand. Sie schielte hinüber zu Maras Aufzeichnungen, um abzuschreiben.

Es fiel Elie sehr schwer, sich auf den Unterricht zu konzentrieren. Wen interessierten schon die weißen Klippen von Dover, wenn man ein Geheimnis hatte wie niemand sonst an der ganzen Schule.

Elie sah sich in der Klasse um. Viele nannten Mara Froggy, weil sie fanden, dass sie Froschaugen hatte. Elie selbst wurde von ihrer Familie Blümchen genannt, da ihre Großmutter sie für das geborene Mauerblümchen hielt, und dank ihrer großen Schwester Dana hatte sich dieser Spitzname auch in der Schule herumgesprochen. Niemand ahnte etwas von den Kräften, über die Elie seit Kurzem verfügte.

Sie wusste selbst noch nicht, was sie davon halten sollte. Der Ninja-Anzug in dem kleinen Säckchen, das sie immer bei sich trug, machte Elie zu etwas, das ihr keiner zutraute. Doch traute sie es sich selbst zu?

Sie sah zu Anna Maria, dem beliebtesten Mädchen der Klasse mit den langen Haaren und langen Beinen und langen Fingernägeln. Aber im Vergleich zu Elies Geheimnis sah sie einfach klein und kurz aus.

„Hart? What do you say?"

Ihr Name ließ Elie aus den Grübeleien aufschrecken.

Auf Mara war Verlass. Sie sagte ihr unauffällig vor. „There are many stories about the white cliffs of Dover …“

Elie musste die Sätze nur wiederholen. Frau Jenwein warf ihr einen tadelnden Blick zu, ließ sie dann aber wieder in Ruhe. Den Rest der Stunde tat Elie, als wäre sie bei der Sache.

In der Pause ging sie neben Mara Richtung Physiksaal. Mara wiederholte den Stoff der letzten Stunde und murmelte ihn halblaut vor sich hin. Auf diese Weise konnte Elie mitlernen.

In einer Fensternische stand Ingo mit seinen Freunden Marvin und Bruno.

Elie konnte nicht anders, als Ingo ein schüchternes Lächeln zu schenken, das er aber nicht erwiderte. Stattdessen zog er einen Mundwinkel hoch und grinste schief.

„Bleibt es bei heute Abend, Chef?“, wollte Marvin wissen. „Ich habe diese zwei neuen Spiele, die ich mitbringen kann … “

„Meine Mutter zickt herum“, antwortete Ingo mürrisch. Elie hatte das Gefühl, er blickte ihr mit einem Auge nach. Aber sie konnte sich auch täuschen. „Sie spinnt total und droht mit ‚eingeschränkten Spielzeiten‘ und so. Aber ich kenne das schon von ihr, das geht vorbei. Nur will ich sie nicht reizen.“

„Ich kann sowieso nicht. Ich hab Training heute Abend“, warf Bruno ein. Er streichelte über das Muskelpaket, das den Ärmel seines T-Shirts blähte.

11

Elie kam eine Idee. Heute Abend konnte sie nach der Ballettstunde vielleicht einen kleinen Besuch machen. Für Ingo würde es eine große Überraschung werden. Ob sie das wagen sollte?

„Los, frag mich ab", verlangte Mara und reichte ihr das Physikbuch.

„Mit wem würdest du reden, wenn du etwas wirklich sehr Geheimes besprechen möchtest?", platzte Elie heraus.

„Ist da jemand verliebt? Oder hat etwas angestellt?", wollte Mara wissen.

„Ach, vergiss es!" Damit strich Elie Mara endgültig von der Liste der möglichen Leute, denen sie ihr Geheimnis anvertrauen wollte.

Sein Name war Richie. Ausgesprochen Ritschi.

Sein Nachname lautete Schmitt mit Doppel-T.

Aber seit er drei Jahre alt war, hatte ihn niemand mehr so genannt. Er hieß für alle nur Schnuck.

Das war sicherlich der peinlichste Name für einen Jungen, den es gab, aber er klebte an Richie wie angeschweißt. Dabei war Schnuck eigentlich der fette Tigerkater der Familie gewesen. Wurde er gerufen, war aber immer Richie gekommen. Er hatte wohl erkannt, dass Schnucks Name fast ausnahmslos mit Fressen zu tun hatte, und da er selbst ständig hungrig war, blieb er stets an der Seite des Katers und hoffte auf Futter.

Mittlerweile war der vierbeinige Schnuck bereits im Katzenhimmel und der zweibeinige Schnuck längst Onkel. Allerdings sah er seine Nichte und seinen Neffen so gut wie nie, da seine Schwester ihn nur zur Tür hereinließ, wenn sonst niemand in der Wohnung war. Sie hielt nichts von ihrem Bruder und empfand ihn als schlechten Umgang für ihre Kinder.

Damit hatte sie nicht unrecht. Schnuck arbeitete für Leon R. Natürlich hatte dieser einen echten Nachnamen, aber den kannte niemand. Leon residierte in einem echten Büro mit einer echten Sekretärin und einem Türschild, auf dem stand: *Parmomatic & Co.*

Kein Mensch hatte eine Ahnung, was die Firma Parmomatic & Co herstellte, aber es interessierte auch niemanden. Der erste Teil des Firmennamens war Leon eingefallen, als er vor sich ein großes Stück Parmesan liegen hatte. Das *Omatic* hatte er von der Marke seines elektrischen Rasierapparates.

Wer das Vorzimmer von *Parmomatic & Co* betrat, wurde vom strahlenden Lächeln einer blonden Sekretärin empfangen, die hinter ihrem Schreibtisch thronte und sich am Computer die Zeit mit Pokern vertrieb. Ihre einzige Aufgabe bestand darin, jeden Besucher mit den Worten zu empfangen: „Was für ein Tag das heute ist!"

Diesen Spruch bekam auch Schnuck zu hören, als er am Abend das Büro betrat. Leon hatte ihn für acht Uhr zu sich bestellt. Schnuck war rechtzeitig da, weil er wusste, dass Leon Unpünktlichkeit hasste. Dummerweise musste Schnuck alles tun, was sein Chef von ihm verlangte. Leon hatte ihn in der Hand.

Natürlich kannte Schnuck die einzig richtige Antwort auf die Begrüßung der Sekretärin.

„Ein Tag zum Gackern und Eierlegen!"

Er fand diesen Spruch unglaublich dämlich, aber das behielt er für sich.

Die Sekretärin nickte und tippte in den Computer ihr Geburtsdatum rückwärts ein. Neben ihr surrte es, und

14

die Tür zu Leons Büro sprang auf. Bevor er eintrat, wandte sich Schnuck noch einmal zu ihr.

„Wie heißt du eigentlich?"

„Cindy!", zwitscherte sie und wandte sich wieder ihrem Pokerspiel zu.

Leon spielte wie üblich Darts. Mit einer Handvoll Wurfpfeilen stand er ein paar Schritte von der Zielscheibe entfernt. Wie gewöhnlich würdigte er Schnuck keines Blickes.

„Na endlich ist er da, der schnuckelige Schnuck!", begrüßte er ihn spöttisch.

Zack! Er warf und traf genau in die rote Mitte.

„n'Abend, Chef!"

„Ich brauche einen dressierten Affen!"

„Einen was?"

„Einen Verwandten von dir."

„Sie sagten doch ‚Affen'!"

„Hast du nicht den Nachbarkäfig im Zoo?"

Der Chef lachte dröhnend. Er hielt sich für ungeheuer witzig. Hätte sich jemand anderes den Spruch erlaubt, wäre Schnuck sicherlich grob geworden. Aber in diesem Fall war das nicht möglich. Er musste sogar gute Miene zu einem miesen Witz machen und mitlachen.

„Wozu brauchen Sie einen Affen?"

Leon R. schleuderte schnell hintereinander zwei weitere Pfeile. Sie drängten sich dicht neben den ersten in den roten Innenkreis.

„Ich brauche einen *dressierten* Affen, du Gorilla!"

Schnuck atmete tief ein und aus und zählte in Gedanken bis sechs. Angeblich beruhigte das.

„Was meinen Sie genau mit *dressiert*, Chef?"

„Das Vieh muss in der Lage sein, einen Code einzutippen."

„Auf einer Tastatur?"

„Nein, auf einem Pavianpo!"

„Wo soll ich einen Affen herbekommen, der so etwas kann?" Schnuck wusste noch immer nicht, ob sich sein Chef vielleicht einen Scherz erlaubte.

„Das ist mir egal!" Leon R. ließ einen Regen von Pfeilen auf die Zielscheibe prasseln. Sie trafen, aber nicht alle genau in die Mitte.

„Können Sie mir nicht ein paar Details geben?" Schnuck hatte die Fäuste geballt und biss die Zähne zusammen. Er zitterte unter seiner uralten Lederjacke.

„Alle rausziehen und zu mir bringen!", befahl Leon.

Gehorsam machte sich Schnuck an die Arbeit.

„Geht dich zwar einen Dreck an, aber du bist ohnehin zu doof, um mir meine Idee zu klauen." Leon goss sich einen Drink ein, in dem etwas schwamm, das wie ein Wurm aussah. Angeblich machte ihn das Zeug noch wilder und schlauer, beides Eigenschaften, die ein Gangsterboss brauchte. „Der Affe wird in den Schacht einer Klimaanlage einsteigen und in den Keller klettern. Dort muss er nur noch einen Code eingeben, und schon ist die Alarmanlage abgeschaltet und der Weg für mich frei."

Das klang wirklich sehr einfach und aussichtsreich.

„Den Code habe ich, den Plan der Klimaanlage auch, jetzt fehlt nur noch der Affe."

Schnuck hielt sich für einen recht gerissenen Ganoven. Trotzdem hatte er nicht den Schimmer einer Idee, woher er einen Affen bekommen sollte, der über diese Fähigkeiten verfügte. Als er das vorsichtig anmerkte, brauste Leon R. sofort auf.

„Ich habe die Bilder aus der Überwachungskamera auf meinem Computer, die zeigen, wie du diesen Juwelier ausraubst. Willst du etwa, dass die Fotos an die Bullen gehen?"

Nein, das wollte er natürlich nicht.

„Außerdem habe ich deine Schulden bei den Falschspielern geblecht, denen du auf den Leim gegangen bist. Die hätten dich sonst im Fluss versenkt und deine Mutter zu Geld gemacht. Du schuldest mir wirklich ein bisschen Dankbarkeit, würde ich sagen."

Darauf war nichts zu erwidern. „Wie groß soll der Affe sein?", fragte Schnuck kleinlaut. „Mehr eine Meerkatze oder eher ein Schimpanse?"

„Ein Orang-Utan wie du würde nicht durch den Schacht passen. Klein und wendig muss das Vieh sein, und es muss tippen können."

Schnuck wusste, dass es völlig unmöglich war, einen solchen Affen zu besorgen. Aber er biss sich lieber auf die Zunge, als das auszusprechen.

„Du hast zwei Wochen Zeit!"

Nachdem Schnuck ihm die Pfeile gereicht hatte, ging Leon wieder in Wurfposition. Er schleuderte sie in schneller Folge, und zu Schnucks Überraschung und Erschrecken „malte" er auf diese Weise das Profil eines Menschen auf die Dartscheibe. Es stellte einen Mann mit platter Nase dar. Sie war so flach wie die Nase von Schnuck.

„Wenn du es nicht schaffst, dann musst du an der Scheibe stehen, wenn ich werfe. Und ich werde mir beim Zielen keine Mühe geben!", drohte ihm Leon mit bösem Grinsen. Er fuhr sich mit der Hand über den Stoppelbart und machte ein schaurig schabendes Geräusch. Dann zeigte er auf die Tür und sagte: „Raus jetzt!".

Als Schnuck das Büro verließ, fühlte er sich verloren.

Während sie auf den Bus wartete, um zur Ballettstunde zu fahren, ging Elie noch einmal alle Möglichkeiten durch, mit wem sie über ihr Geheimnis reden konnte.

Ihre Eltern kamen dafür nicht infrage. Ihre Mutter war an ihrem Laptop angewachsen und würde ihr nur halb zuhören, ihr Vater würde ihr höchstens über den Kopf streicheln und sie behandeln wie einen kleinen süßen Hund. Ihre große Schwester Dana hatte für Elie ein dickes NO! NO! NO! auf die Stirn gestempelt. Blieb noch ihr Bruder Dario. Er wäre bestimmt noch ihr Lieblingsbruder gewesen, wenn sie zehn andere hätte, denn Dario war einfach ein guter Kumpel.

Ein winziger roter Wagen hielt mit quietschenden Bremsen auf der anderen Straßenseite. Heraus sprang eine Frau, die höchst erstaunte Blicke der Fußgänger auf sich zog.

Sie schien viel zu groß und zu breit, um in das Auto zu passen. Ihre Haut war mokkafarben, und sie trug ein wallendes Kleid in leuchtendem Orange. Der Turban, unter dem ihr Haar steckte, war bunt wie ein Regenbogen.

„Kokoskeks!", rief sie und winkte in Elies Richtung.

Elie überquerte die Straße und wurde heftig gedrückt. Niemand hatte einen so weichen Körper wie ihre Freundin Lili. Und niemand sonst duftete so nach Kokos und einer Prise Meer.

„Aloha, mein Prachtmädchen!" Lili deutete auf ihren winzigen Wagen. „Einsteigen, ich fahre dich. Dann können wir so richtig quasseln."

Eine weißhaarige Dame war vor dem Auto stehen geblieben und musterte Lili mit leicht geöffnetem Mund.

„Aloha, meine Beste!", rief ihr Lili zu.

„Aloha? Sind wir hier auf Hawaii?" Die Frau konnte sich die spitze Bemerkung nicht verkneifen.

„Nein, sind wir nicht. Aber ich komme von dort!" Lili trat auf sie zu und streckte ihr die Hand hin. Sie stellte sich mit ihrem vollen Namen vor. „Lili-U-O-Kalani!"

„Lili … wie?" Die ältere Dame schien noch darüber nachzudenken, was sie von Lili halten sollte.

„Lili-U-O-Kalani! Die letzte Prinzessin der schönsten Inseln der Welt!"

Das war nur halb wahr. Der Name gehörte wirklich der letzten Prinzessin von Hawaii, doch hatte diese vor hundert Jahren gelebt. Lili hatte den Namen aus Verehrung für die große Frau angenommen.

„Prinzessin?" Die Dame schüttelte den Kopf und ging weiter.

„Ihnen auch den schönsten aller Tage!", rief ihr Lili hinterher. Danach zwängte sie sich wieder hinter das Lenkrad. Die Achse des Autos ächzte und knackte.

20

Lili-U-O-Kalani hatte ihr Leben verändert. Ihr und ihren Freunden verdankte es Elie, dass sie sich tatsächlich in Liz Kiss verwandeln konnte, die bis dahin nur ein Hirngespinst gewesen war.

Lili startete den Motor und gab Gas. Sie hatte auf jeden Fall auch Talent zur Rennfahrerin.

„Du kämpfst mit dir im Augenblick!", sagte Lili.

Elie fühlte sich ertappt.

Sie wusste, es erschien nicht nur so, als könnte Lili ihre Gedanken lesen. Sie tat es wirklich. Oder, besser gesagt, ihre Schwester Anela konnte es, die bei einem Vulkanausbruch in ihrer Heimat Hawaii ums Leben gekommen war. Seither tauchte sie immer wieder als Geist in Lilis Nähe auf und berichtete ihr zum Beispiel, was Elie tat oder dachte.

„Das ist nicht ganz fair!", beschwerte sich Elie.

Lili schenkte ihr einen lächelnden Seitenblick. „Wie darf ich das verstehen?"

„Anela sagt dir, was ich tue und denke!"

„Nicht immer."

„Aber heute muss sie dir etwas gesagt haben."

„Nur, dass du mit etwas kämpfst. Und das ist schon zwei Tage her. Leider haben mich die guten Geister erst jetzt zu dir geführt." Lili riss das Lenkrad herum und bog in letzter Sekunde in eine Seitengasse ab. „Wir haben Besuch, der uns alle ganz schön auf Trab hält."

„Aha." Elie wartete darauf, mehr zu erfahren, aber Lili wechselte das Thema.

„Also, Kokoskeks, drohst du auf einen Seeigel zu treten?"

Elie runzelte die Stirn.

Was sollte sie denn darauf antworten? „Na ja, eher nicht. Es ist nur … "

In dem Augenblick piepte Lilis Handy auf der Ablage. „Eine SMS! Lies sie mir vor!", bat sie.

Es war eine Nachricht von Keanu, Lilis Mann. Er schrieb:

> Berta schon ganz ungeduldig.
> Wo steckst du?
> Wir brauchen dich!

„Wohin musst du eigentlich?", fragte Lili. Das fiel ihr reichlich spät ein.

„Zur Ballettschule!", sagte Elie.

Zum Glück fuhr Lili schon in die richtige Richtung.

„Ist es noch sehr weit von hier? Ich muss umdrehen."

Elie sah durch die Windschutzscheibe. Die Schule war nur ein paar Straßen entfernt.

„Kein Problem. Ich kann laufen, wenn du zurückmusst."

„Kokoskeks, du bist mein Honigstern!" Lili hauchte einen Kuss in die Luft. „Wir sprechen uns demnächst. Komm vorbei. Wir alle freuen uns schon, dich zu sehen. Verzeih, aber wie ich schon sagte, wir haben einen sehr anspruchsvollen Gast."

Elie war gerade ausgestiegen und hatte kaum die Tür zugemacht, da raste Lili auch schon los. Während Elie ihr nachsah, dachte sie ein wenig bekümmert, dass sie gerne länger mit Lili gesprochen hätte. Sie brauchte ihren Rat.

Konnte sie denn irgendjemandem anvertrauen, dass sie tatsächlich Liz Kiss war?

Hoffentlich hatte Lili bald Zeit für sie. Nun aber stand Elie vor der Ballettschule. Sie atmete tief ein. So sehr sie Tanzen liebte, war jede Stunde trotzdem eine ganz schöne Herausforderung für sie.

Alice, die Tanzlehrerin, stand bereits in der Tür. Ihr Gesicht erschien Elie manchmal wie eine gefrorene Maske.

„Umziehen und aufwärmen!", sagte sie ohne eine weitere Begrüßung. Elie nickte und ging an ihr vorbei. Normalerweise wartete Alice nie am Eingang. Sie hatte neben dem Tanzsaal ein kleines Zimmer. Dorthin zog sie sich zurück und erinnerte dabei an eine Schnecke, die sich in ihr Haus verkroch.

Hinter Elie kam mit schnellen Schritten Nell.

„Guten Tag, Madame Alice!", grüßte sie. Die Ballettlehrerin verlangte, so angesprochen zu werden.

„Heute will ich von dir eine Pirouette sehen!", trug sie Nell auf.

„Ich gebe mein Bestes." Nell schaute die Lehrerin fragend an, die noch immer am Eingang stehen blieb.

„Ich erwarte eine neue Schülerin." Zu mehr Erklärungen war Alice nicht bereit.

Nell zuckte verlegen mit den Schultern und schlüpfte ins Haus.

Im Umkleideraum schlüpfte Elie in ihre Trainingskleidung und ihre Ballettschuhe. Sorgfältig wickelte sie die Bänder um die Fessel und zog sie fest zu.

Noch immer verursachte ihr der große Spiegel im Tanzsaal einen unbehaglichen Schauer, wenn sie eintrat. Sie sah sich einfach nicht gerne an.

Auch an diesem Tag fühlte sie sich ein wenig als blasses Blümchen. Ihr Gesicht war viel zu hell, die Haare weder richtig schön braun noch blond, und ihr Körper hatte auch nicht die perfekte Form wie der von Nell oder vielen anderen Mädchen im Kurs.

Frau Kast erschien und setzte sich an ein klappriges altes Klavier. Die Musik kam bei Alice nie vom Band, sondern wurde immer von Frau Kast gespielt.

Die Zeiger der großen Wanduhr standen auf fünf Minuten nach fünf, aber die Ballettlehrerin war noch immer nicht im Saal. Das war sehr ungewöhnlich, da sie normalerweise immer pünktlich anfing und jedes

Zuspätkommen mit strengen Blicken und scharfen Kommentaren bedachte.

Die Mädchen redeten leise miteinander, während sie Übungen zum Dehnen und Wärmen der Muskeln machten. Elie stand dabei etwas abseits. Sie hatte keine richtige Freundin in der Gruppe. Irgendwie traute sie sich auch nie, einfach zu den anderen zu gehen und mitzureden.

Einfach lächerlich für eine Liz Kiss, dachte sie.

Aber jetzt war sie auch nur Elie Hart, die eben nichts von einer Liz Kiss an sich hatte.

Endlich betrat Alice den Saal. Sie hatte früher selbst in vielen großen Opernhäusern Ballett getanzt. Ihre aufrechte Haltung und die eleganten Bewegungen erinnerten noch heute daran.

Hinter ihr kam ein Mädchen, das Elie ein wenig jünger erschien als sie selbst. Es war sehr zart und hatte etwas von einem verschreckten Küken. Mit eingezogenem Kopf lief sie Alice hinterher und warf nur mit den Augen ängstliche Blicke nach links und rechts.

Madame Alice klatschte in die Hände, und alle verstummten.

„Guten Tag!", grüßte sie wie jedes Mal. „Ich stelle euch heute eine neue Schülerin vor." Sie deutete auf das Mädchen, das unsicher und mit gesenktem Kopf neben ihr stand. „Ihr Name ist Pailim, und sie kommt aus Thailand. Wir heißen sie willkommen. Sorgt dafür, dass sie sich gut einlebt."

Frau Kast spielte einen Tusch auf dem Klavier, und alle applaudierten.

Pailim blickte auf und lächelte schüchtern.

„Damit du dich bei uns besser eingewöhnen kannst, wird dir Elie zur Verfügung stehen." Madame Alice deutete auf Elie, die sich dabei ertappte, einen Blick hinter sich zu werfen, als könnte dort das Mädchen stehen, das die Ballettlehrerin wirklich meinte.

Pailim lief mit kleinen, sehr eleganten Schritten auf Elie zu, blickte zu Boden und sagte leise: „Hallo."

Elie streckte ihr die Hand hin. „Willkommen. Ich meine … ich … also … es ist hier alles wirklich nicht schlimm."

Alice klatschte in die Hände zum Zeichen, dass die Stunde anfing.

Die Übungen an der Stange kamen Elie heute besonders lange vor. Madame Alice sagte die Bewegungen an, Frau Kast schlug hart in die Tasten, und die Schülerinnen bemühten sich, ihre Sache gut zu machen. Die Lehrerin schritt die lange Reihe ab und sparte nicht mit Kritik. Manchmal griff sie sogar zu und korrigierte die Haltung von Armen oder Beinen. Ihr etwas recht zu machen, war fast unmöglich.

Die Neue stand neben Elie und überraschte sie sehr. Sie erschien Elie viel besser als Nell, und die war schon eine der Besten in der Gruppe. Madame Alice blieb bei Pailim stehen und sah ihr eine Weile zu. Ihr Gesicht blieb dabei unbewegt wie immer. Schließlich nickte sie kurz zufrieden, und das war schon das höchste Lob, das man von ihr erwarten konnte.

Bei Elie schüttelte sie den Kopf und atmete kurz durch. Danach ließ sie ein Feuerwerk an Anweisungen auf sie los. Elie stellte fest, dass ihr die Predigt nicht mehr so viel ausmachte wie früher. Das war doch schon mal gut.

In der zweiten Hälfte der Stunde mussten die Mädchen allein, zu zweit oder zu dritt kleine Choreografien vorführen, die sie mit Alice einstudiert hatten. Da Pailim zum ersten Mal dabei war, forderte sie Madame Alice auf, etwas vorzutanzen. Pailim überlegte kurz. Frau Kast drehte sich auf dem Klavierhocker zu ihr und sah sie fragend an.

Pailim bat sie, ein Stück aus dem Ballett Schwanensee zu spielen. Das war eine sehr anspruchsvolle Wahl. Ein Raunen ging durch die Reihen der anderen Mädchen, die auf dem Boden saßen und das Warten zum Dehnen und Lockern nutzten.

Die Musik begann, und Pailim tanzte los. Elie klappte der Mund vor Staunen auf. Es sah aus, als würde Pailim schweben. Sie stand auf den Zehenspitzen, als wäre sie so geboren. Jeder Sprung, jede Geste mit den Armen war exakt und sicher, dabei aber trotzdem anmutig. Es gab niemanden im Saal, der nicht begeistert war.

Der Tanz endete mit einem Spagat, bei dem Pailim ihren Kopf auf das Knie legte. Es war eine unterwürfige, wehrlose Pose.

Die Mädchen und Frau Kast applaudierten lang und lautstark. Selbst Madame Alice klatschte dreimal freundlich in die Hände.

„Bei unserer großen Aufführung am Ende des Schuljahres bist du auf jeden Fall dabei", sagte sie.

Als Nächste war Elie an der Reihe. Obwohl sie sich in letzter Zeit viel sicherer und leichter gefühlt hatte, kam sie sich nach Pailims Vorführung vor wie ein Flusspferd. Sie versuchte trotzdem, gut zu sein, und zu ihrer großen Überraschung bemerkte Alice danach, dass Elie Fortschritte machte. Ein Solo in der Schlussaufführung stand weiter in Aussicht.

Ich muss es schaffen, ich muss es schaffen, dachte Elie, während sie versuchte, ihren Atem zu beruhigen. Sie setzte sich neben Pailim, die unsicher zu ihr sah.

„Du tanzt mit Herz", flüsterte sie.

Elie runzelte die Stirn, weil sie glaubte, sich verhört zu haben. Pailim schreckte sofort zurück.

„Nein, es ist in Ordnung", beeilte sich Elie zu versichern. „Aber hast du gerade gesagt, ich tanze mit Herz?"

Pailim, noch immer verlegen, nickte kurz.

„Da… danke! Du tanzt wundervoll. In welcher Ballettschule warst du vorher?"

„In Paris. Davor in Sidney und in Hongkong. Wir ziehen oft um. Es ist wegen Papas Firma."

„Bist du gerade erst hergezogen?"

Wieder nickte Pailim kurz.

„Magst du Milchshakes?"

Zum ersten Mal lächelte Pailim richtig.

„Ja. Gerne."

„Wir … Es gibt da so eine Eisdiele, die hat die besten Milchshakes der Stadt."

Nach der Ballettstunde verabredeten sich Pailim und Elie für das nächste Mal auf einen Milchshake. Vor dem Haus wartete ein nobler Wagen, in den Pailim schnell einstieg. Bevor sie die Tür zuzog, winkte sie Elie aber noch einmal zum Abschied. Elie winkte zurück und wollte die Straße überqueren, um den Bus zu nehmen.

Ping-Ping!

Nachricht von …

… ihrer Mutter.

Elie war ein wenig erstaunt, da Mama sonst immer anrief.

> Liebe Familie,
> ich muss sofort für zwei Tage verreisen. Ein Notfall in einer Filiale. Theresa ist krank, und ihr müsst daher allein zurechtkommen. In der Küche liegt eine Liste mit der genauen Einteilung eurer Aufgaben bis zu meiner Rückkehr.
> Leonard, bitte denk daran, dass du der Vater dieser Familie bist.
> Arabella

Frau Hart war Managerin bei der Supermarktkette LOL und zuständig für Werbung und das Ansehen der Filialen. Es war schon einige Male vorgekommen, dass sie plötzlich verreisen musste.

Elie kannte die angenehme Begleiterscheinung: Zu Hause war alles viel entspannter. Ihr Vater nahm seine

Aufgabe nicht so ernst, wie ihre Mutter das gerne gehabt hätte.

Das leichte Kribbeln, das Elie schon seit einigen Tagen spürte, wurde nun noch stärker. Es ging um Ingo, dem sie gerne einen Besuch abstatten wollte. Sie blickte zum Himmel, der noch immer sommerlich hell war. Zumindest die Dämmerung musste sie abwarten, besser noch die Dunkelheit der frühen Nacht. Aber es würde an diesem Abend kein Problem sein, das Haus für ein oder zwei Stunden zu verlassen.

Zur gleichen Zeit strich Schnuck durch die Stadt. Er hasste all die Leute, die von der Arbeit nach Hause eilten. Zweimal wurde er angerempelt, und beide Male schimpfte er lautstark los.

Mann, hatte er schlechte Laune! Daran war auch sein Hunger schuld, der ihn ganz schwach machte. Leider war Schnuck völlig pleite, und er traute sich nicht einmal, ein Portemonnaie aus einer fremden Tasche zu ziehen. Die Gefahr, erwischt zu werden, war zu groß. In seinem Zustand machte er zu leicht Fehler, die er später bereuen würde.

Er hatte schon versucht, seine Schwester anzupumpen, doch die hatte ihm eine Abfuhr erteilt. Diesmal aber wollte sich Schnuck das nicht gefallen lassen. Seine Schwester hatte mehr als genug Geld, und es war Zeit, dass sie lernte, nicht so geizig zu sein. Am Telefon hatte er ihr ein Treffen für den Abend vorgeschlagen. Er hatte

Süßholz geraspelt und an die große Schwester appelliert, die sich doch wirklich etwas mehr um den kleinen Bruder kümmern müsse. Rike aber hatte kühl erklärt, sie besuche am Abend mit der ganzen Familie einen Erlebnisvortrag über die Sahara und habe deshalb keine Zeit.

Die Wohnung war also leer, und Schnuck würde ihr einen Besuch abstatten. Er kannte den Code zum Ausschalten der Alarmanlage, seit er seiner Schwester einmal heimlich beim Eintippen über die Schulter geschaut hatte. Wie praktisch.

Sein Magen gab ein tiefes Grummeln von sich. Schnuck presste eine Hand auf den Bauch. Ihm war vor Hunger fast übel. So konnte das nicht weitergehen. Er warf einen Blick auf die Uhr über der Bushaltestelle: Kurz nach halb sieben. Gegen neun würde er die Eingangstür knacken.

Bei den Harts lief der Abend genau so, wie Elie es erwartet hatte. Zum Abendessen versammelten sich die drei Geschwister in der Küche. Dana holte Salat, Gurken und Radieschen aus dem Gemüsefach.

„Es gibt Salat mit Zitronensaft und Olivenöl“, erklärte sie, als hätte sie das alleinige Sagen.

Elie regte ihre Art immer auf. „Das will ich aber nicht.“

„Es ist aber DAS, was wir heute essen.“

„Nur weil du ständig auf deinem Schlankheitstrip bist!“

Dana warf einen kritischen Blick auf Elie. „Dafür gehst du ganz schön auseinander."

Sofort tastete Elie schuldbewusst ihren Bauch ab, aber sie konnte nichts von dem feststellen, was Dana da behauptete.

Dario hatte zwei Pizzen aus dem Tiefkühler genommen und stellte den Backofen an.

„Elie und ich essen Pizza, du kannst beim Kuhfutter bleiben!"

„Pizza am Abend ist ungesund, und davon wird man nur fett!", tobte Dana.

„Besser fett als zickig und verbiestert", entgegnete Dario ungerührt, wickelte die Pizzen aus und ließ sie auf das Backblech fallen.

Die Geschwister waren bereits am Essen, als Herr Hart in die Küche gehetzt kam.

„Tut mir leid, Nachwuchs, aber mein Chef konnte mal wieder kein Ende finden. Er musste mit mir noch unbedingt was besprechen." Mit diesen Worten kam Herr Hart fast immer nach Hause.

Elie, der eine ganze Pizza zu viel gewesen war, wärmte die übrige Hälfte in der Mikrowelle auf und stellte sie ihrem Vater hin.

Er blieb vorm Küchentisch stehen. „Ich würde gerne die Nachrichten sehen und dann Sport", entschuldigte er sich.

„Geh ruhig chillen", bot Dario großzügig an.

Mit einem Bier aus dem Kühlschrank und dem Teller

mit der halben Pizza verschwand Herr Hart Richtung Wohnzimmer.

Dana ließ die Schüssel, aus der sie ihren Salat gegessen hatte, einfach stehen. „Ihr räumt ab!", befahl sie ihren jüngeren Geschwistern. Dario und Elie regten sich darüber nicht einmal mehr auf.

„Ich brauche wieder eine schräge Geschichte für meinen Blog", sagte Dario, als er und Elie das Geschirr in den Spüler einräumten.

Elie spürte, wie sie rot wurde. „Und woher soll ich eine kennen?"

„Ach, du kanntest doch auch diese hawaiianische Prinzessin, die eigentlich schon hundert Jahre tot ist. Meine Leser waren begeistert."

Dario meinte natürlich Lili-U-O-Kalani. Es war erst sechs Wochen her, als Elie ihr durch Zufall in der Schule begegnet war.

„Der Hammer wäre es, mehr über diesen Ninja zu wissen, der auf Anna Marias Party die Wände hochgelaufen ist", fuhr Dario fort. Ein heißer Stoß zuckte Elie durch den ganzen Körper. Sie hatte auf einmal Mühe, einen großen Teller in den Geschirrkorb zu stellen, weil ihre Hände zitterten.

„Aber … Aber an diesen Ninja denkt doch keiner mehr." Hatte ihre Stimme unsicher geklungen oder gebebt? Bitte nicht.

„Es gibt einige, die haben ihn nicht vergessen. Im Blogger-Chat wird immer wieder spekuliert, wer das

34

sein könnte, und wie ein Mensch Wände hochrennen und an der Decke kleben kann wie eine Fliege."

„Aber niemand hat eine Erklärung, nicht wahr?"

Dario leerte ein großes Glas Wasser. „Kein Schwein. Aber ich wäre der Blogger-King, wenn ich mehr wüsste, das kannst du mir glauben."

„Das möchtest du sein? Blogger-King?" Elie hoffte ihn damit von dem Ninja abzulenken.

„Klar", grinste Dario. „Warum nicht? Du wirst sehen, irgendwann bin ich es."

Elie überlegte, ob sie irgendwo eine Queen war.

Bei nichts, worüber ich reden kann, stellte sie fest.

„Dario … wenn du … " Wie sollte sie das nur ausdrücken? Wenn sie schon niemandem von ihrem Geheimnis erzählen konnte, musste sie wenigstens ihren Kummer darüber loswerden. „Dario … wenn du … ?"

Ihr großer Bruder lehnte in der Küchentür und lächelte sie abwartend an.

„Dr. Dario steht zur Verfügung, alle Probleme zu lösen. Nur raus mit der Sprache", sagte er mit dem gütigen Tonfall ihres Hausarztes.

„Sag, wenn du etwas hättest, was du niemandem erzählen kannst, wie wäre das für dich? Was würdest du dann tun?"

Die Antwort kam prompt und ohne langes Nachdenken. „Ich würde darüber schreiben. Am besten anonym in einem Blog, von dem keiner weiß, dass ich das bin. Habe ich schon ein paar Mal gemacht."

„Echt? Worüber hast du geschrieben?"

Dario holte sich ein Glas Nougatcreme vom Regal und begann mit dem Finger daraus zu naschen. „Einmal zum Beispiel war ich total fertig, weil ich aus dem Baseball-Team geflogen bin. Und ich habe keine Mitglieder für meine Band gefunden. Und Mama hat nur auf mir herumgehackt."

„Hat das jemand gelesen?", wollte Elie wissen.

„Klar. Es gab Kommentare von ein paar Spinnern, aber auch von einem Mädchen, das irgendwo in einem Rollstuhl sitzt und nur mit der Stimme ihren Computer bedienen kann, weil sie keine Hände hat. Sie hat mir echt Mut gemacht."

Vielleicht sollte Elie auch einen Blog anlegen? Sie würde die Idee einmal im Kopf behalten.

„Was machst du heute noch?", wollte Dario wissen.

„Ach ... ich ... Einfach was lesen und lernen."

„Klingt ja aufregend." Dario zog mit dem Glas Nougatcreme ab.

Nur wenige Minuten später verließ Elie heimlich das Haus. In ihrem Zimmer lag ein Zettel auf dem Bett: BIN BEI MARA. LERNEN. KOMME BALD.

Der Zettel war nur für den Notfall gedacht, dass Herr Hart vielleicht doch noch einmal seinen Vaterpflichten nachkam. Das war aber eher unwahrscheinlich.

Die Nacht war kühl. Elie nahm ihr Fahrrad. Ihr Ziel war das Wohnhaus, in dem Ingo im dritten Stock wohnte.

Schnuck stand an der Rückseite des Wohnhauses auf dem breiten Grasstreifen und blickte hinauf zum dritten Stock. Er war durch die Einfahrt eines Nachbarhauses gekommen. Zu seiner Freude waren die Parkplätze hinter den Häusern nicht eingezäunt. Der Grünstreifen zog sich wie ein Band an ihnen entlang, und Schnuck konnte sogar den nächtlichen Schatten der Bäume nützen, um gut in Deckung zu bleiben.

Die Fenster der Wohnung seiner Schwester auf der Hofseite waren alle dunkel. Er trat an die Tür, die in den Hof zu den Mülleimern führte. Sie war nicht einmal abgeschlossen, sondern nur angelehnt. Schnuck fasste das als Einladung auf und betrat das Haus.

Elie bog in die Gasse ein, die um diese Tageszeit still vor ihr lag. Sie kannte das Haus, in dem Ingo wohnte, gut, weil sie in letzter Zeit oft daran vorbeigefahren war. Was sie nun vorhatte, war ihr dabei jedes Mal durch den Kopf gegangen.

Wie Ingo wohl reagieren würde, wenn er Liz Kiss wieder vor sich stehen sah?

Er war ihr erst einmal begegnet. Es war auf der großen Party in der Villa von Anna Marias Eltern gewesen. Ingo und seine Freunde Bruno und Marvin hatten die Feier stören wollen und waren als Catering-Kräfte verkleidet ins Haus eingedrungen. Ihr Plan war es, dort Flöhe auszusetzen, die die Gästen piesacken sollten.

Doch es war alles schiefgelaufen, und um ein Haar wären Bruno und er von der Polizei geschnappt worden. Ihre Rettung verdankten sie Liz Kiss.

Einige Fenster im Haus waren erleuchtet, aber nur zwei im dritten Stock. An einem hatte Elie vor ein paar Tagen den muskelbepackten Bruno stehen sehen, wie er auf Fußgänger herunterspuckte. Ingo hatte ihn zurückgezogen und beschimpft. Es war also ziemlich sicher das Fenster seines Zimmers.

Ingo war zu Hause. Das hatte er jedenfalls in der Schule gesagt.

Aber sollte Elie sich wirklich trauen und an der Fassade hochgehen? Sie stellte ihr Fahrrad zwischen zwei Autos ab, die dicht nebeneinander parkten. Prüfend sah sie die Straße auf und ab.

Es war niemand unterwegs. Von irgendwo kamen die Geräusche einer Fußballübertragung im Fernsehen. Eine Frau lachte mit hoher Stimme.

Als wollte er ihr eine Antwort auf die stumme Frage geben, öffnete Ingo sein Fenster. Er stand kurz in der Öffnung und atmete die Nachtluft ein, bevor er wieder im Zimmer verschwand.

Was sollte Elie davon halten? War es ein Zeichen für sie? Natürlich könnte sie auch hofseitig zum dritten Stock hinauflaufen, aber wie sollte sie dort in die Wohnung gelangen? Sie hatte Sorge, vielleicht nicht in die richtige einzusteigen.

Ingo brütete über seinem Chemiebuch. Ihm rauchte der Kopf.

Er war in fast allen Fächern sehr gut und musste sich dafür nicht einmal außerordentlich anstrengen. Chemie aber hasste er. Dieses ganze Formelzeug war ihm unheimlich.

Doch er brauchte auch hier eine gute Note. Sein Großvater zahlte ihm ein mehr als üppiges Taschengeld und schenkte ihm so ziemlich alles, was Ingo sich wünschte. Allerdings hatte er eine Bedingung gestellt: Der Geldfluss würde versiegen, wenn er irgendwelche Klagen über Ingo hörte – egal, ob in der Schule oder sonst wo.

So kam es, dass Ingo seit seinem achten Geburtstag den lieben, braven Jungen spielte und ein Großmeister darin wurde, heimlich trotzdem das zu tun, was verboten war und ihm so richtig in den Fingern kribbelte.

Er hätte wirklich zu gerne mit seinen Freunden Computer gespielt. Sie brauchten dazu nicht einmal zusammen zu sein, sondern konnten sich einfach per Internet verbinden. Aber Chemie war an diesem Abend wichtiger.

Der Grund für die Großzügigkeit des Großvaters knackte in diesem Moment die Wohnungstür. Es war ein Schloss, das sicher ein Vermögen gekostet hatte und als besonders sicher galt. Für Schnuck war es ein Kinderspiel und mehr schon ein Spaß, es zu öffnen.

In der Diele empfing ihn Stille.

Das erstaunte Schnuck sehr. Wieso kein warnendes Tuten der Alarmanlage, die Sekunden später losgehen würde? Er war bereit gewesen, sie blitzschnell abzustellen. Es war aber gar nicht nötig.

Sehr unvorsichtig von seiner Schwester, wegzugehen und den Alarm nicht einzuschalten!

Schnuck sah sich in der schicken und recht teuer eingerichteten Wohnung um. Er wollte nur Geld nehmen und vielleicht ein Schmuckstück. Er würde keine Spuren hinterlassen. Rike würde annehmen, sie hätte beides verlegt oder verloren.

Schnuck ahnte nicht, wie viel Geld sein Vater an den Enkel, seinen Neffen Ingo, bezahlte, nur damit er nicht Schnucks Beispiel folgte und auf die schiefe Bahn geriet.

In seinem Zimmer lag Ingo auf dem Rücken im Bett und hielt mit beiden Händen das Chemiebuch über sich. Er versuchte wirklich zu verstehen, was darin stand, aber die vielen Buchstaben und Zahlen verschwammen immer mehr vor seinen Augen und in seinem Kopf.

Auf der Straße wartete Elie noch immer.

Da sich in den vergangenen Minuten absolut nichts getan hatte, beschloss sie, es nun endlich zu wagen. Sie würde an der Außenwand zu Ingos Zimmer hinauflaufen.

Sie holte aus der Tasche ihres Sweaters ein kleines Stoffsäckchen, das nicht größer war als ihre Hand, und zog den Anzug heraus, der fein säuberlich darin aufbewahrt war.

Lautlos entfaltete sich der Stoff, der so dünn war wie eine Spinnwebe, aber so fest wie ein Drahtgeflecht. Der Ninja-Anzug hing nicht einfach schlaff in Elies Hand, sondern hatte schon die Form eines Körpers, so als steckte ein Unsichtbarer darin, der nur etwas kleiner war als sie.

Der mitternachtsblaue Stoff würde sie wie einen Schatten aussehen lassen, der sich an der Hausmauer nach oben bewegte. Sie stieg in die weiten Hosen, schlüpfte in die Jackenärmel und zog sich die Kapuze über den Kopf. Wichtig war der Gürtel, der aus dem gleichen Stoff gefertigt, trotzdem aber etwas fester war. Sie zog ihn zu und verknotete ihn. Nachdem sie den Augenschlitz zurechtgerückt hatte, sah sie sich noch einmal prüfend um.

Es schien wirklich keine Gefahr zu bestehen, entdeckt zu werden. Elie schloss kurz die Augen und erinnerte sich daran, wer sie nun war:

Liz Kiss.

Liz Kiss, die über Kräfte verfügte wie sonst niemand.

Ihr Herz raste aber trotzdem, und sie schwitzte. Außerdem spürte sie ihren Atem unter der Kapuze, warm und stoßweise.

Sie musste es endlich tun. Jetzt.

Der Anzug schien ihre Schritte zu beschleunigen, als sie über die Fahrbahn auf das Haus zulief. Liz stieß sich kraftvoll ab und schleuderte die Füße nach vorne. Gleichzeitig aber warf sie die Arme nach unten und beförderte sich auf diese Weise in eine waagerechte Lage. Die dünnen Sohlen ihrer Sportschuhe berührten die Mauer, und Liz Kiss lief einfach los Richtung Dach.

Was für ein Wunder! Sie konnte es immer noch nicht ganz fassen, und jedes Mal musste sie sich erinnern, die richtigen Schritte zu setzen und nicht zu sehr zu staunen oder zu zweifeln. Liz fühlte sich federleicht und gleichzeitig erfüllt von einer unsichtbaren Kraft, die sie an der Mauer hielt wie ein Magnet. Für sie schien es keine Schwerkraft zu geben. Sie stieg Schritt für Schritt hinauf, immer näher zu Ingos Fenster.

Ein Kichern unter ihr ließ Liz erstarren. Sie hatte das Gefühl, als würde ihr das Blut in den Armen zu Eis gefrieren. Ihr Herz krampfte sich zusammen. Mit angehaltenem Atem stand Liz Kiss auf der Hausmauer, von der sie ragte wie ein kleiner Fahnenmast.

Sie wartete. Bange Sekunden verstrichen.

Auf der Straße tat sich etwas, aber Liz wagte nicht einmal, den Kopf zu drehen. Die Geräusche waren irgendwie verdächtig.

42

Wieder kicherte jemand. Der Stimme nach war es ein Mädchen. Ein Junge gab scherzhaft einen knurrenden Laut von sich.

Liz wollte endlich sehen, wie groß die Gefahr war, hier oben entdeckt zu werden. Sie musste den Hals verrenken, um etwas erkennen zu können.

Ihr Verdacht erwies sich als richtig. Aus dem Haus war ein junges Pärchen getreten, das eng umschlungen dastand und hemmungslos schmuste. Glücklicherweise kam keiner der beiden auf die Idee, nach oben zu schauen. Liz wünschte sich nur, ihre Küsse sollten nie enden. Noch besser aber wäre es, wenn die zwei verschwanden.

„Wann fängt das Kino an?", fragte das Mädchen.

Ihr Freund grunzte wohlig und spielte wieder den Tiger.

„Ich will nicht zu spät kommen", beharrte sie.

„Sind wir schon."

„Dann los!"

Sie riss ihn einfach an der Hand hinter sich her. Er folgte ihr stolpernd.

Liz stieß einen Dank aus für Mädchen, die ihre Vorhaben durchsetzten und nicht so lahm waren wie manche Jungs. Das Pärchen bog um die Ecke, und Liz spürte Erleichterung in sich aufsteigen. Noch immer aber pochte ihr Herz, als wollte es aus der Brust springen.

Um einen weiteren Zwischenfall zu verhindern, ging sie schneller. Von der Straße aus hätte ein nächtlicher

43

Spaziergänger eine dunkle Gestalt bemerkt, die mit sicherem Gang die Hausmauer hinaufstieg. Liz Kiss umrundete Ingos Fenster und drehte sich, bis ihr Gesicht nach unten zur Straße gewandt war. Nun kam die größte Mutprobe auf sie zu. Sie musste sich vorbeugen, um einen Blick in das Zimmer werfen zu können.

Ingo lag mit einem Buch auf dem Bett.

Liz Kiss hörte ein Auto. Es kam näher und konnte im nächsten Augenblick um die Ecke biegen. Liz durfte nicht länger zögern und sprang in das Zimmer. Ihr Körper bog sich elastisch, und das viele Balletttraining zeigte seine Wirkung. Sie landete auf den Füßen und drehte sich schwungvoll um.

Ingo hatte vor Schreck das Buch fallen lassen. Es war auf seinem Gesicht gelandet. Er stieß es weg und sprang aus dem Bett.

Sprachlos standen sie sich gegenüber. Ingos Augen wurden weiter und weiter. Liz Kiss sagte nichts. Obwohl sie über übermenschliche Kräfte verfügte, brachte sie in diesem Moment keinen Ton heraus. In ihr steckte immer noch Elie.

Schnuck stand da und wagte sich nicht zu bewegen.

Natürlich hatte er den dumpfen Aufprall und den kleinen Tumult im Nebenzimmer gehört.

Damit hatte Schnuck einfach nicht gerechnet: Es war jemand in der Wohnung. Aber wer? Es konnte nicht seine kleine Nichte Ruth sein. Sie war erst sechs, und Rike würde sie niemals am Abend allein lassen.

Also kamen nur sein Schwager Ludwig und sein Neffe Ingo infrage.

Schnell steckte Schnuck die Ohrringe mit den Perlen und Brillanten ein, die er in einer Schale im Schlafzimmer seiner Schwester gefunden hatte. Wie unvorsichtig von ihr, sie einfach so offen liegen zu lassen.

Seine Ausbeute an Geld betrug gerade so viel, dass er sich die nächste Woche davon etwas zu essen kaufen konnte. Er hatte die Scheine in einem von Ludwigs Jacketts gefunden. Zusammen mit den Ohrringen hielt er sie in der Hand.

Sollte er es riskieren und noch weitersuchen? Oder sollte er nicht lieber so schnell wie möglich verschwinden? Er war hin- und hergerissen.

Schließlich verließ er auf Zehenspitzen das Schlafzimmer. Der Geruch von Putzmittel in der Luft verursachte ihm Übelkeit. Seine Schwester hielt die Wohnung
immer so sauber, als wäre es ein Krankenhaus.

In seinem Zimmer stand Ingo noch immer da und starrte
Liz an. Wenigstens nicht mit offenem Mund, wie sie fest-
stellte.

„Hallo!", grüßte sie ihn. Es klang nicht so locker, wie
sie gehofft hatte.

„Wer bist du?"

„Das weißt du doch ... "

„Klar. Du hast Bruno und mich gerettet. Danke." Ingo
schien nicht zu wissen, was er mit seinen Händen machen sollte, und wischte sie an seinen Jeans ab. „Aber
ich meine, wer bist du wirklich?"

Draußen auf dem Flur stand Schnuck und lauschte an
der Tür. Ingo war also zu Hause. Aber wer redete da? War
das ein Film?

Neugierig sah sich Liz im Zimmer um. Es war ein typi-
sches Jungenzimmer mit einer Sammlung von fernge-
steuerten Flugzeugen und Autos, einem Poster von New
York und einem von Sidney und einer Sammlung an Bü-
chern, von denen einige das Wort Millionär im Titel hatten. Außerdem gab es neben dem Bett ein kleines Regal
mit Baseballhandschuh, Ball, Schläger und der Auto-
grammkarte eines bekannten Spielers.

„Alles unter Kontrolle bei dir?", begann sie.

Es war schrecklich. Liz war ein wenig enttäuscht, dass ihr nicht einmal jetzt etwas Besseres einfiel. Aber da war etwas an Ingo, das sie immer so unruhig machte. Dieses leise Kribbeln nervte.

Ingo roch gut nach einem Shampoo, das auch Dario verwendete. Er zwinkerte öfter als sonst. Seine weit geöffneten Augen waren grünblau mit ein paar braunen Sprenkeln.

„Wieso bist du hier?", wollte Ingo von Liz wissen.

Sie zuckte mit den Schultern.

„Ich dachte, vielleicht macht es dir Spaß, wenn wir uns sehen."

Wow, bewunderte sie sich.

Der erste gute Satz.

„Ja, macht es!", antwortete Ingo viel zu schnell. Er hatte damit verraten, dass er öfter an Liz gedacht haben musste.

Vor der Tür wischte sich Schnuck verwirrt über das Gesicht.

Wenn seine Schwester ahnen würde, dass ihr feiner Sohnemann heimlich Mädchen im Zimmer hatte, während sie edlen Vorträgen über die Wüste lauschte. Allerdings fand Schnuck das Gespräch reichlich verwirrend. Es hörte sich für ihn noch immer an wie aus einem Film.

Um sicherzugehen, dass es nicht wirklich nur Stimmen aus dem Computer oder dem Fernseher waren, öffnete er vorsichtig die Tür.

Liz bemerkte die Bewegung, und sofort zuckten die Gedanken wie Blitze durch ihren Kopf.

Ingos Eltern waren früher zurück als erwartet. Sie hatten sie nicht kommen hören. Liz Kiss musste verschwinden.

Knack!

Die Zimmertür knackte, wenn sie mehr als eine Handbreit geöffnet wurde. Ingo hatte das Knacken als Warnung vor unerwünschten Besuchern eingebaut.

Er fuhr herum und war mindestens so erschrocken wie Schnuck, der durch den schmalen Türspalt aber noch nicht zu erkennen war.

„Mama?", rief Ingo fragend.

Für Schnuck war es mehr als höchste Zeit abzuhauen. Er trug seine normale Kleidung, hatte keine Maske übergezogen und nicht einmal eine Kappe aufgesetzt. Sein Neffe hatte ihn schon lange Zeit nicht gesehen, würde ihn aber sicher erkennen.

Raus, raus, raus!

Liz roch die Mischung aus Keller, Zigarettenrauch und fettigen Fritten, die durch die Tür schwebte. Das war sicher nicht der Geruch von Ingos Mutter.

Aber wer war es dann?

„Hallo?" Ingo wich von der Tür zurück, griff hinter sich und packte den Baseballschläger. „Wer ist da?"

Schnuck schlich auf leisen Sohlen Richtung Wohnungstür. Dabei warf er ständig Blicke zurück zur Tür von Ingos Zimmer. Sein Neffe traute sich wohl nicht heraus, dieser Feigling. Er hätte Schnuck keinen größeren Gefallen tun können.

Ein kleiner Schuh von Ingos Schwester Ruth, der achtlos hingeschleudert mitten auf dem Flur lag, wurde Schnuck zum Verhängnis. Er stolperte darüber, verlor das Gleichgewicht und schlug hart auf dem Dielenboden auf. Dabei verlor er die gestohlenen Ohrringe und die Geldscheine.

Liz musste etwas tun. In ihren Ohren klang ständig ein:
Los!
Los!
Los!
Sie nahm Ingo den Baseballschläger einfach ab und sprang hinaus auf den Flur. Schnuck war gerade dabei, sich wieder aufzurichten. Liz Kiss riss den Schläger über den Kopf und schwenkte ihn drohend.

Es blieb Schnuck keine Zeit, seine Beute wieder einzusammeln. Er riss im Aufstehen eine dunkle Jacke seines Schwagers vom Haken an der Wand und warf sie sich über den Kopf.

Sollte Liz ihn aufhalten? Die Furcht, er könnte bewaffnet sein, ließ sie zögern.

Schnuck riss die Wohnungstür auf und flüchtete ins Treppenhaus.

Hinter Liz kam Ingo geschlichen und spähte über ihre Schulter. Aber er hörte nur noch trampelnde Schritte auf der Treppe.

Liz konnte seinen Atem im Nacken fühlen. Sie drehte sich um, in der Angst, Ingo könnte vielleicht versuchen, ihr die Kapuze vom Kopf zu ziehen.

Dafür aber war er viel zu erschrocken über den Einbrecher.

„Er war … Er war in der Wohnung. Er hätte mir … also … " Ingo zuckte hilflos mit den Schultern.

Sie standen sich sehr nahe gegenüber. Der Lichtstreifen, der aus seinem Zimmer fiel, ließ Ingos Augen blitzen.

Es blitzte aber noch etwas anderes auf, und diesmal war es in Liz. Sie wollte nicht mehr aufhören, Ingo anzusehen. Es fühlte sich so gut an, und seine Augen hatten so etwas Weiches und Freundliches, das sie ihm gar nicht zugetraut hätte.

Sie standen einfach da, stumm, mit angehaltenem Atem. Bei beiden aber schlug das Herz sprunghaft schneller.

Ingo fasste nach Liz' Ärmel.

„Wer bist du?"

Das durfte er nicht erfahren. Er würde nur enttäuscht sein. Liz befreite sich mit einem Ruck von seinem Griff und deutete auf die Stelle, wo die Geldscheine und Ohrringe lagen.

„Das war wirklich ein Einbrecher. Vielleicht hat er noch mehr!" Sie wollte Schnuck zuerst hinterherjagen, tat es dann aber doch nicht, sondern lief zurück in Ingos Zimmer und schwang sich auf das Fensterbrett. Ingo kam ihr nach.

„Nicht... Du kannst doch nicht..."

Nach einem sehr flüchtigen Blick in die stille Straße hatte Liz Kiss sich schon abgestoßen, um die Mauer aufrecht hinunterzulaufen. Sie konnte Ingos fassungslosen Blick über sich spüren. Er starrte ihr hinterher. Sogar sein offener Mund verursachte Liz ein seltsames Kribbeln auf dem Rücken.

Auf dem Weg nach unten überkamen sie dann aber Zweifel, ob sie das Richtige tat. Dieser grobschlächtige Mann machte ihr Angst. Was sollte sie machen, wenn sie ihn einholte? Sie konnte Hausmauern hinauf und hinunter rennen, aber sie war kein Karate Kid.

Schnuck musste sich am Treppengeländer festhalten, um nicht zu stürzen.

Hatte Ingo ihn erkannt? Hatte er ihn überhaupt gesehen?

Noch viel mehr aber beschäftigte ihn dieser Ninja, der aus dem Zimmer gejagt war und ihm mit dem Schläger fast eins über den Kopf gezogen hätte. Wer zum Teufel war das?

Es konnte doch nicht das Mädchen sein, das er mit Ingo hatte reden hören?

Im Erdgeschoss wollte Schnuck wieder durch die Hintertür hinaus in den langen Innenhof und dort bei den Bäumen untertauchen. Er war aber vollkommen durcheinander, irrte sich in der Richtung und stand auf einmal auf der Straße.

Als er den Fehler bemerkte, fiel hinter ihm schon die Haustür ins Schloss.

Sekunden später sprang nur drei Schritte von ihm entfernt der Ninja auf den Gehsteig.

Beide starrten sich an.

War der Ninja aus dem dritten Stock gesprungen? Schnuck konnte es nicht glauben. Er blickte zum offenen Fenster hoch und erinnerte sich dann an seinen Neffen. Schnell riss er die dunkle Jacke hoch und versteckte sein Gesicht dahinter, drehte sich um und rannte los. Im

Laufen beschimpfte er sich selbst als Feigling und Idioten, als ob das etwas nutzte.

Liz Kiss lief ihm bis zur Hausecke nach, blieb dann aber stehen. Sie war keine Polizistin und konnte ihn nicht festnehmen. Außerdem war der Kerl fast doppelt so groß wie sie.

So konnte Schnuck entkommen. Allerdings ohne auch nur eine Münze erbeutet zu haben! Er war einfach nur jämmerlich.

Liz musste schnell verschwinden. Sie konnte Ingo beobachten, wie er sich aus dem Fenster beugte, um zu sehen, was mit ihr geschehen war.

Sie wartete noch einige Augenblicke.

Erst als Ingo sich wieder in sein Zimmer zurückzog, wagte sie sich hinter der Ecke hervor. Geduckt lief sie zu ihrem Fahrrad, die Augen aber ständig oben bei dem erleuchteten Fenster.

Was Ingo jetzt wohl machte?

Sie schob das Rad aus dem Versteck zwischen den Autos hervor und schwang sich auf den Sattel. Als Ingo ans Fenster zurückkehrte, sah er nur noch ihr Rücklicht in der Nebengasse einbiegen.

Liz suchte hektisch nach einem Platz, wo sie ungesehen aus ihrem Anzug schlüpfen konnte. Sie wählte einen schmalen Durchgang zwischen zwei Häusern. Der blaue Anzug faltete sich, nachdem sie ihn abgestreift hatte, von allein. Es genügte, die Hosenbeine hochzuschlagen, schon begann er, sich zu knicken und zu legen, bis er wieder dieses winzige Päckchen war, das sie in das Säckchen stopfen konnte.

Aus Liz Kiss war wieder Elie geworden. Aber ihr Herzklopfen hielt an.

Es war doch nicht wegen Ingo.

Es war wegen des Einbrechers, der ihr so nahe gekommen war. Es war die Gefahr, in die sie sich begeben hatte.

Sie brauchte ein paar Minuten, um wieder ruhig zu atmen. Erst dann schob sie das Fahrrad hinaus und fuhr nach Hause.

Niemand bemerkte ihre Heimkehr. Ihre Geschwister waren in ihren Zimmern, und ihr Vater genoss das Fußballspiel.

Elie trank in der Küche ein großes Glas Wasser, dann noch eines. Ihr Herzklopfen ließ dadurch aber kaum nach.

Wenn sie doch Mara erzählen könnte, was sie gerade erlebt hatte! Wenn sie doch nur eine Freundin hätte, mit der sie über Jungen sprechen konnte.

Ping-Ping!

Elie griff zu ihrem Handy. Eine SMS von Lili!

Kokoskeks, morgen um 17:17 Uhr bei uns. Aloha!

Lili hatte entweder geflüstert bekommen, dass Elie reden wollte, oder aber sie spürte es einfach.

Ich bin so durcheinander.

Das ist gut. Aus Chaos entstehen ganz neue Dinge, besser als die alten.

Das glaube ich dir nicht. Ich bin verwirrt, und es ist nur schrecklich.

Schrecklich ist etwas nur, wenn du sagst, es wäre schrecklich. Ein Stinktier ist nur deshalb ein Stinktier, weil wir Menschen es so nennen. Wir könnten auch Blumentopf dazu sagen, und auf einmal wäre es nicht mehr so igitt.

Ich bin trotzdem durcheinander.

Bis morgen, Kokoskeks. Zähle die fröhlichen Delfine, die im Meer springen, und stelle dir vor, du schwimmst mit ihnen.

Das war wieder einmal so typisch Lili-U-O-Kalani. Telefonieren war mit ihr nicht möglich, weil sie einfach nicht abnahm. Elie konnte nicht einmal eine Nachricht auf ihre Mailbox sprechen, da Lili sie nie abhörte. Wer ihr etwas mitteilen wollte, musste tippen.

„Ich spreche nur mit Menschen, deren Gesicht ich vor mir habe", hatte sie Elie erklärt.

Also blieb Elie nichts anderes übrig, als bis morgen zu warten.

10

Der nächste Tag trug eine dicke, fette Überschrift:

Katastrophe!

Elie hatte schlecht geschlafen und kam am Morgen nicht aus dem Bett. Ihre Mutter fehlte. Sie hätte alle fünf Minuten nach ihr gerufen. Aber ihr Vater vertraute darauf, dass seine Kinder schon wussten, was zu tun war.

So stand Elie zu spät auf, und weil sie so hektisch war, rutschte sie im Badezimmer aus und fiel mit dem Ellbogen auf die Badewannenkante. Es tat höllisch weh. Als der Schmerz endlich ein wenig nachließ, konnte sie sich nicht entscheiden, was sie anziehen sollte. Sie riss aus dem Schrank, was ihr in die Hände fiel, und trug am Schluss Hosen und ein T-Shirt, die sie beide scheußlich fand. Erst rechjt in dieser Kombination. Zum Umziehen blieb aber keine Zeit.

Das Frühstück musste auch ausfallen. Sie verpasste den Bus, und um nicht viel zu spät zu kommen, lief sie zur U-Bahn. Es war ein Umweg, aber sie musste ihn in Kauf nehmen.

In der Schule traf sie ein paar Minuten nach dem Klingeln ein. Sie war abgehetzt und verschwitzt, und ihre

Haare klebten feucht auf dem Kopf und an der Stirn. Sie fühlte sich einfach elend und hässlich.

Und ausgerechnet in diesem Zustand begegnete sie Ingo, der, genau wie sie, zu spät kam.

Vor dem Schultor blieben sie beide stehen. Elie senkte den Kopf in der Angst, er könnte sie erkennen. Schließlich war es erst ein paar Stunden her, seit sie sich Auge in Auge gegenübergestanden hatten.

„Die Essack lauert neuerdings hinter der Halle", sagte Ingo völlig unvermittelt zu Elie.

„Wirklich? Dann wird sie uns erwischen."

„Sie ist total wild auf Zuspätkommer."

Elie wurde ganz mulmig. Sie musste verhindern, dass ihre Mutter vom Zuspätkommen erfuhr. Das Feuerwerk an Fragen, das folgen würde, wollte sie sich ersparen.

„Ich gehe ins *Max* und fange heute erst mit der zweiten Stunde an", erklärte Ingo.

Das *Max* war ein kleines Café ein paar Straßen weiter, wo die Mädchen und Jungen aus der Schule öfter Eis aßen oder eine Cola tranken.

„Wenn du reingehst, dann verrate mich nicht, klar?"

Elie nickte heftig. Natürlich würde sie das nicht tun. Ihr Herz zersprang fast, als Ingo vorschlug, sie sollte doch mitkommen.

„Aber ich kann nicht", antwortete sie ausweichend. Das stimmte nicht. Sie konnte. Ihr Vater würde bestimmt eine Entschuldigung für die erste Schulstunde unterschreiben.

Sie hatte die Chance auf eine Stunde mit Ingo.

Nicht, dass er unbedingt mit ihr ins *Max* wollte. Sie waren nur beide in derselben Notlage, und das verband.

„Ach was, ich bin dabei!", erklärte sie.

Schnell zogen sie zusammen ab.

Ingo gab einen grunzenden Laut von sich. „Dem Fresssack ist es zuzutrauen, dass sie auch vor dem Schulhaus schnüffelt."

Den Spitznamen Fresssack verdankte die eher hagere Direktorin der Tatsache, dass aus Frau Essack bei schnellem Sprechen leicht Fresssack wurde.

Im *Max* war nichts los. Ingo setzte sich an einen Tisch ganz hinten in der Ecke. Den ganzen Weg zum Café hatte er mit Elie kein Wort gesprochen. Unentschlossen stand sie nun da und wusste nicht so recht, ob sie sich zu ihm setzen konnte.

Ob er etwas dagegen hatte?

Oder wollte er es vielleicht sogar? Elie gab sich einen Ruck und trat an den kleinen runden Tisch. Dann ließ sie sich einfach auf den Stuhl sinken. Ingo schien es nicht einmal zu bemerken. Er tippte etwas auf seinem Handy. Die Antwort traf wenig später ein.

„Volltreffer. Ich bin einem Wiederholungstest in Geografie entkommen. Meine Kumpels müssen schwitzen."

Zufrieden mit sich und der Welt nahm Ingo sein Chemiebuch heraus. Elie schien für ihn nicht anwesend zu sein. Er bestellte einen Espresso, was sehr erwachsen klang. Elie nahm eine Cola mit Zitrone.

Sie tat, als müsste sie noch für Mathematik lernen. Über den Rand des auf dem Tisch aufgestellten Buches warf sie immer wieder Blicke zu Ingo hinüber.

Er bemerkte davon gar nichts, sondern war nur in sein Chemiebuch vertieft.

Elie hasste sich, weil sie ihn so gerne ansah. Sie hasste sich auch, weil ihre Hände leicht zitterten und sie sich anstrengen musste, sie ruhig zu halten. Außerdem hasste sie sich für die trockene Kehle, die sie auf einmal hatte, und das neuerliche Herzklopfen.

Ganz vorne auf der Liste aber stand Ingo, den sie versuchte, absolut widerlich zu finden. Schließlich saß er genau derselben Person gegenüber, die er in der Nacht noch ganz anders angesehen hatte. Nur weil Elie diesmal keinen Ninja-Anzug trug, schien sie für ihn auf einmal warme Luft zu sein.

Die ganze Zeit, bis sie zur zweiten Stunde aufbrachen, redete Ingo mit ihr kein Wort. Auf dem Rückweg zur Schule meinte er nur, es wärc besser, die Klappe über den Besuch im *Max* zu halten. Selbst beste Freunde könnten so etwas ausplaudern, und das konnte er nicht gebrauchen.

Eifrig pflichtete ihm Elie bei. Ihre Hoffnung auf eine Frage oder sonst irgendeine freundliche Bemerkung erfüllte sich nicht.

Auf dem Hof sah Mara Elie mit großen Augen entgegen. Sie wollte natürlich sofort wissen, wieso Elie erst jetzt kam. Es war sehr ungewöhnlich, da sie sonst nie eine Stunde versäumte. Frau Hart war da bei allen drei Kindern sehr kleinlich und genau.

Weil sie einfach nicht alle Geheimnisse immer nur für sich behalten konnte, erzählte ihr Elie, dass sie geschwänzt hatte.

Mara machte ein düsteres Gesicht. „Ich finde, da macht jemand dumme Sachen. Und nur, weil er in Ingo verknallt ist."

Ertappt spürte Elie, wie ihr sofort die Hitze in den Kopf schoss. Sie flehte, dass Mara es nicht bemerkte.

„Ich bin nicht verknallt!", verteidigte sie sich heftig.

Lorena, die beste Freundin von Elies Erzfeindin Anna Maria, stand nahe genug, um aufzuschnappen, was Elie gerade gesagt hatte. Sie klatschte in die Hände und rief in den Pausenlärm: „Alle herhören, Blümchen ist verknallt!"

Anna Maria war sofort zur Stelle. Sie hatte so ziemlich alles, was Elie für ihr Leben gerne gehabt hätte: von langen schlanken Beinen zu blonden Haaren und einer Figur, mit der sie jederzeit bei jeder Modeschau hätte mitmachen können.

„Blümchen wächst nicht mehr auf der Mauer, sondern sitzt auf der Lauer", reimte sie reichlich dämlich, wie Elie fand.

Leider fiel ihr nie etwas Schlagfertiges ein, wenn Anna Maria sie einmal kurz bemerkte. Sie war nicht mal eine richtige Erzfeindin, da sie Elie die meiste Zeit wie Luft behandelte.

„Verliebt in wen?" Lorena wandte sich an Mara. „He, Froggy, rück raus damit."

„Ich heiße nicht Froggy!", brauste Mara auf. Sie ärgerte sich schon genug über die großen Augen und die Brille, die sie noch runder erscheinen ließ.

Mit gespreizten Fingern lockerte Anna Maria ihre geglätteten Haare auf.

Wenn es darum ging, auf andere loszugehen, waren einige Mädchen aus der Klasse schnell dabei. So drängten sie sich zwischen Lorena und Anna Maria und gaben spitze und spottende Kommentare über Elies Zustand ab.

„Es muss dieser pickelige Neue sein, den ich nicht einmal mit der Kneifzange anfassen würde", vermutete Lorena. „Der ist genau richtig für Blümchen."

„Er ist nämlich ein männliches Mauerblümchen", pflichtete Anna Maria bei.

Mara und Elie standen da und mussten alles über sich ergehen lassen. Jeder Versuch, sich an den Mädchen vorbeizudrängen und abzuhauen, hätte nur einen weiteren Sturm an Spott ausgelöst.

Die kurze Pause war zum Glück bald vorbei, und damit auch die Folter.

Heftig atmend starrte Elie in Anna Marias Richtung. Es war Liz Kiss gewesen, die ihre Party vor etwas ziemlich Schlimmen bewahrt hatte. Der Angriff der Flöhe wäre sehr unangenehm geworden und hätte bei allen juckende Bisswunden hinterlassen. Natürlich ahnte Anna Maria keine Sekunde, wer Liz Kiss in Wirklichkeit war.

Noch einmal werde ich nicht so edel sein, entschied Elie. Damals hatte sie die Party, auf die sie nicht eingeladen war, eigentlich stören wollen, es sich dann aber wegen Ingo und Bruno anders überlegt. Doch es würde schon noch eine Gelegenheit für Liz Kiss kommen, um Anna Maria die Hölle heißzumachen.

Warts nur ab, dachte sie innerlich kochend. *Warte es nur ab.*

Der Katastrophentag ging weiter.

In der großen Pause holte sich Elie ein Gemüsesandwich und einen Fruchtcocktail vom Büffett im Erdgeschoss. Die nächste Katastrophe trat in dem Gespräch ein, das sie mit Mara führte. Mara redete zuerst nur über den Aufsatz, den sie in Deutsch schreiben mussten.

„Ich fand das Thema faszinierend", schwärmte sie. „Ich möchte gerne eine perfekte Stadt bauen. Mir ist so viel dazu eingefallen. Dir auch?"

Elie zuckte mit den Schultern. „Gebäude zu erfinden, ist nicht so meine Sache. Ich habe Dario gefragt, und er hat mir im Internet ein paar Zeichnungen von Zukunftsstädten gezeigt, und die habe ich…"

„Aber eine perfekte Stadt ist doch viel mehr!", fiel ihr Mara ins Wort. „Dort könnte es doch völlig andere Gesetze geben. Zum Beispiel könnte Streit verboten sein. Und einander anzubrüllen. Und Kinder ungerecht behandeln."

An so etwas hatte Elie nicht gedacht. „Kann man das den Leuten denn einfach vorschreiben? Meine Mutter würde sich das zum Beispiel nie gefallen lassen. Auch wenn sie selbst nie schreit, würde sie sofort verlangen, es trotzdem tun zu dürfen."

„Die Menschen müssen zu ihrem Glück gezwungen werden", erklärte Mara entschlossen.

„Meinst du wirklich, das ist möglich? Und wenn es für jemanden kein Glück ist, nie zu streiten? Mama redet immer davon, dass wir zu Hause Streitkultur haben. Sie meint damit, dass wir miteinander streiten können, ohne aufeinander loszugehen."

Mara sah sie zweifelnd an. „Das ist unmöglich."

Elie hörte nur halb hin. Es beschäftigte sie eine andere Frage, die sie Mara unbedingt stellen wollte. „Hast du ... hast du Sachen ... ich meine, hast du irgendetwas, das du unbedingt jemandem erzählen willst?"

„Das geht dich gar nichts an!", brauste Mara auf. Elie war von ihrer Reaktion völlig überrascht.

„Ich ... Ich will doch nur wissen ..."

„Und ich will nicht darüber reden."

Jetzt war Elie auf einmal alarmiert. Es klang, als hätte Mara etwas zu verbergen. Aber was sollte das sein?

„Entschuldige. Ich frage nur, weil ich ... weil ich mich gefragt habe, mit wem du reden würdest, wenn du etwas erzählen möchtest, was du nicht jedem sagst. Du verstehst doch, was ich meine ... "

„Aber ich habe nichts. Und ich will mit niemandem reden." Noch immer war Mara heftig entrüstet.

Auf einmal wurde Elie wütend. „Du würdest also nicht mit mir darüber reden?"

„Nein. Nie. Wieso sollte ich?"

Elie schluckte trocken.

Mara tat, als könnte sie Elies Empörung nicht verstehen. „Wenn ich etwas keinem erzählen will, wieso sollte ich es dann dir erzählen?"

„Weil … Weil … ", Elie rang nach den richtigen Worten. Aber ach, was sollte es? „Weil wir Freundinnen sind!", platzte sie heraus.

Wie ein Kaninchen knabberte Mara an einem Salatblatt, das aus ihrem Sandwich hing. Sie überlegte, und Elie konnte sie fast denken hören.

„Würdest du nicht wollen, dass ich dir alles erzähle?", setzte Elie noch eins drauf.

„Nein!", gab Mara sofort zurück.

Jetzt war Elie endgültig sauer. Was für eine Freundin war Mara eigentlich?

„Frage mich bitte Physik ab", hörte sie Mara sagen.

„Ich kann jetzt nicht", antwortete Elie und ging weg. Sie glaubte zu spüren, wie Mara ihr nachsah.

Den restlichen Schultag redete sie mit ihr nur das Nötigste. Die letzte Rechnung, die ihr für die Mathe-Hausaufgabe fehlte, schrieb sie von Karl ab. Es war das erste Mal, dass sie nicht Mara darum bat.

Nach der letzten Stunde, als sie ihre Taschen einräumten, murmelte Mara leise: „Ist da jemand ein wenig angerührt?"

Elie tat, als hätte sie es nicht gehört. Sie verabschiedete sich mit einem knappen „Bis morgen!" und verließ den Klassenraum. Vor ihr ging Anna Maria die Treppe hinunter. Lorena und zwei andere Mädchen liefen neben ihr. Die vier kicherten und redeten über einen neuen Tanzkurs.

Wieder einmal wurde Elie ein wenig traurig. Sie wollte nicht neidisch sein. Aber Anna Maria hatte wirklich alles, was sie sich wünschte, sogar beste Freundinnen. Sie war überzeugt, dass Lorena und sie alles besprachen, was sie so erlebten. Wahrscheinlich auch die albernsten und unwichtigsten Dinge.

Wieso bekamen immer nur diejenigen, die so gemein waren, alles, was Spaß machte?

Schnuck saß in seiner Kneipe vor dem Computer des Wirts. Die Luft war stickig vor Frittierfett, Rauch und allerhand anderen ekligen Dünsten.

Wie Schnuck diese Kneipe hasste. Theo, der Wirt mit den ungewaschenen Haaren, trat neben ihn.

„Bist du endlich fertig?"

Es gab einen einzigen Grund, wieso *Der blaue Löwe* Schnucks Stammkneipe war: Theo schrieb alles an und nahm es mit dem Eintreiben der Schulden nicht zu genau.

„Mach nicht so viel Stress!"

Theo warf einen Blick auf den Bildschirm.

„Seit wann interessierst du dich für Ninjas?", spottete er, weil Schnuck eine Seite zu diesem Thema aufgesucht hatte.

„Ach … nur so … "

„Sind jetzt ja richtig in, Ninjas."

„In? Wieso in?"

„Na, seit diesem Typen, der da auf der Party aufgetaucht ist."

„Was für ein Typ?"

Theo gab ihm einen energischen Schubs, damit er Platz machte, und setzte sich selbst vor den Computer. Nach kurzem Suchen hatte er den Videoclip gefunden, den er Schnuck zeigen wollte. Es war eine Aufnahme, die ein Junge mit seinem Handy auf Anna Marias Party gemacht hatte.

Immer wieder musste sich Schnuck mit beiden Händen über das Gesicht wischen. Er war fassungslos. Der blaue Ninja im Video war eindeutig das Mädchen, das mit seinem Neffen gesprochen hatte. Jetzt, wo er sah, wie sie Wände hochlaufen und sogar an der Decke hocken konnte wie eine Fliege, wurde ihm einiges klar: Sie war in der vergangenen Nacht tatsächlich die Hausmauer heruntergekommen. Aber sie war weder gesprungen noch geklettert, sondern gelaufen.

Mit halbem Ohr hörte er Theo darüber schwatzen, wie man vergeblich nach dem Ninja gesucht hatte. Nicht einmal aufgrund der hohen Belohnung, die ausgesetzt worden war, hatte sich irgendeine Spur ergeben. Da der Ninja seitdem nicht gesichtet wurde, sprach niemand mehr über ihn.

Das Mädchen in dem Ninja-Anzug war Schnucks Rettung. Sie war besser als der Affe, den Leon wollte. Diese wilde Kleine könnte sein Schlüssel sein zu allem, was er wollte. In Schnucks Kopf überschlugen sich die Gedanken. Von Leon wusste er schon alles, was er für seinen Plan benötigte. Mit der wilden Kleinen konnte er das Ding allein drehen und danach untertauchen.

Das Ninja-Mädchen würde sein Glücksbringer sein, die Rettung aus dem Sumpf, in dem er saß. Er musste an sie herankommen und sie schnappen. Wenn nötig, würde er sie auch entführen und an eine Art Leine legen. Er hatte keine Ahnung, was für eine Leine das sein konnte, aber er würde schon etwas finden.

Sein Neffe schien ihm der Schlüssel zu dem Mädchen zu sein. Was fand sie nur an diesem Streber und Klugscheißer? Egal. Wichtig war nur, sie zu treffen. Vielleicht machte sie auch mit ihm gemeinsame Sache. Freiwillig. Das wäre natürlich das Einfachste und Beste.

Onkel Richie musste seinen Neffen Ingo unbedingt sprechen, beschloss Schnuck. Wo konnte er ihn nur abpassen?

Ein Tag, der so schlecht begonnen hatte, konnte wohl nur ebenso schlecht weitergehen.

Elie war enttäuscht. Sie hatte sich Trost und Unterstützung von Lili-U-O-Kalani erwartet, doch die Hawaiianerin schien sich nicht im Geringsten für Elies Kummer zu interessieren.

Die Ankunft bei dem Haus mit den flaschengrünen Wänden war wie immer verlaufen. Die Uhr auf Elies Handy zeigte 17:10 Uhr. Elie klingelte und erwartete nicht einmal, eingelassen zu werden.

Die Blumen in den Kästen an den Fenstern wucherten üppiger als bei den anderen Häusern der Straße. Von den orangefarbenen Blüten im Erdgeschoss ging ein kräftiger Duft nach Kokos und Ananas aus.

Obwohl hinter den Fenstern keine Gardinen waren, war es unmöglich, in die Zimmer zu blicken. Hinter dem Glas lag ein eigenartiges Weiß.

Vorm Fenster oben rechts war der Blumenkasten mit runden Steinen gefüllt. Zwei Hände rbauten aus ihnen kleine Türme. Elie machte ein paar Schritte vom Haus weg, bis sie sehen konnte, wem die Hände gehörten.

Es war der lange dürre Humphrey, der ihr beigebracht hatte, wie man Wände hochlief. Er trug einen schwarzen Karateanzug und hatte ein rotes Tuch um die Stirn gebunden. Die Augen hatte er geschlossen, während er mit den Steinen spielte. Elie wollte ihn rufen, ließ es aber bleiben, um ihn nicht zu stören.

Sechzehn Minuten nach fünf Uhr klingelte sie erneut. Die Glocke war immer nur wenige Minuten vor und nach dem Termin der Einladung eingeschaltet, wie sie von ihren vorigen Besuchen wusste. Auch diesmal war es so, und deshalb konnte sie nun drinnen einen Gong hören.

Die Tür ging auf wie von allein. Allerdings kannte Elie auch den Grund dafür. Sie musste nur den Kopf ein wenig senken, um Keanu in die Augen zu schauen. Er trug eine schicke Anzughose und ein weißes Hemd mit gepunkteter Fliege und reichte Elie nur knapp über den Bauchnabel.

„Herzlich willkommen", begrüßte er sie.

Es war noch immer schwer zu glauben, dass dieser kleinwüchsige Mann mit der riesigen Lili verheiratet war. Elie folgte ihm ins Haus. Lili-U-O-Kalani stemmte sich von einem zarten Gartenstuhl in die Höhe, und es blieb Elie ein Rätsel, wie er ihr Gewicht aushalten konnte. Lili war mindestens dreimal so breit wie Elie und umarmte sie mit ihren kräftigen dicken Armen herzlich.

„Kokoskeks, setz dich zu uns. Das ist Keanus alte Freundin Berta, die uns überraschend besucht."

Sie deutete zu dem kleinen Tischchen unter dem

Sonnenschirm, der in einem Sandhaufen mitten im Zimmer steckte. Das Zimmer war dekoriert wie ein Strand mit einem aufgemalten Meer an den Wänden, und aus versteckten Lautsprechern wurde Meeresrauschen samt Möwenkreischen abgespielt.

Der Gast von Lili und Keanu war eine Frau mit gekraustem kupferrotem Haar, das ihren Kopf wie eine riesige Wolke umhüllte. Obwohl sie sich im Zimmer befanden, hatte sie eine dunkle Sonnenbrille mit großen Gläsern und einem dicken weißen Rahmen auf. Nicht einmal, als Elie ihr die Hand reichte, nahm die Frau die Brille ab oder blickte auch nur über den Rand.

„Du bist also Elie", sagte die Frau mit tiefer rauchiger Stimme. Sie hatte demnach schon von ihr erzählt bekommen.

Lili zeigte mit wedelnder Hand auf einen herumstehenden Hocker. „Setz dich zu uns. Berta erzählt gerade von ihrer Reise nach Südamerika."

Elie zog den Hocker heran und setzte sich. Da er keine Lehne hatte, war er nicht sehr bequem.

Berta berichtete von Pyramiden, die sie erklommen hatte, einer Nacht im Urwald, in der sie fast von einem Raubtier angefallen worden war, und von dem Treffen mit einigen Leuten, die vielleicht Magier waren und mit denen sie über Geisterblicke und Amulette gesprochen hatte.

Obwohl ihre Erzählungen sehr interessant waren, wurde Elie schnell ungeduldig. Sie wollte viel lieber mit

Lili allein sein und all ihren Kummer loswerden. Aber Lili schien an diesem Tag nur Ohren für Berta zu haben. Elie fühlte sich vernachlässigt und wollte am liebsten wieder gehen. Wozu hatte Lili sie überhaupt eingeladen, wenn sie die ganze Zeit nur still danebensitzen sollte?

„Du wunderst dich sicher über Bertas Sonnenbrille", wandte sich Lili ihr endlich einmal zu.

„Hm", machte Elie. Sie war sauer und wollte gleichgültig tun.

„Berta ist eine Meisterin der Hypnose."

„Aha." Mehr war Elie nicht bereit zu sagen.

„Ich liebe Komplimente", schwärmte Berta mit ihrer tiefen Stimme. „Mehr, mehr, mehr, ich kann nicht genug davon bekommen."

Keanu, der einen neuen Krug Eistee brachte, sagte: „Sie ist eine Weltmeisterin der Hypnose."

Geschmeichelt lachte Berta in sich hinein.

„Aber sie hat ihre Kraft so intensiv und lange trainiert, dass sie etwas außer Kontrolle geraten ist", fuhr Lili fort, während sie allen frischen Tee einschenkte.

Berta gurrte. „Das kann man wohl sagen. Ohne Sonnenbrille versetze ich wildfremde Leute in Starre oder Tiefschlaf. Ein Kellner ist vor Kurzem als Hase durchs Restaurant gehoppelt, nachdem ich ihn aus Versehen nur kurz über den Brillenrand angesehen habe."

Auch Keanu und Lili mussten jetzt lachen. Elie fand die Geschichte zwar auch lustig, aber irgendwie auch übertrieben und angeberisch.

„Du bist doch das Mädchen, das von Humphrey trainiert wird", wandte sich Berta an Elie.

Sie nickte zustimmend.

„Hypnose zu können, wäre sicherlich nützlich für dich."

Elie zuckte mit der Schulter. „Meinen Sie?"

Berta überging das einfach und erzählte Lili und Keanu von einem Mann in einem Dorf im Urwald, der ein drittes Auge über der Stirn hatte. „Er hält es geschlossen, seit ein Blick damit sein Gegenüber fast getötet hätte. Und Sonnenbrillen mit drei Gläsern gibt es noch nicht." Wieder stimmte Berta ihr tiefes Lachen an, in das alle anderen einstimmten.

Alle außer Elie. Sie stand auf und verabschiedete sich.

„Ich muss nach Hause. Arbeit für die Schule", sagte sie als Ausrede.

„Bis bald, Kokoskeks!" Lili-U-O-Kalani winkte ihr nur zu, umarmte sie aber nicht. Aus Elies Enttäuschung wurde Unsicherheit. Was war denn nur los?

Im Hausflur kam ihr von oben die zierliche Elvira entgegen.

„Guten Tag, Elie", grüßte sie und schien sehr erfreut, sie zu sehen. „Ist mit deinem Anzug alles in Ordnung? Oder braucht er eine kleine Ausbesserung?"

Elvira hatte den wunderbaren Stoff aufgetrieben, der so fein und gleichzeitig unzerstörbar war, und daraus Elies Ninja-Anzug genäht.

„Vielleicht. Kannst du ihn dir bitte ansehen?" An dem Anzug war gar nichts auszusetzen, aber Elie wollte noch nicht nach Hause, und vielleicht konnte sie wenigstens mit Elvira reden.

„Komm mit nach oben!"

Elvira führte sie die Treppe hoch in ihr kleines Reich im ersten Stock. Das Zimmer war ein fröhliches Durcheinander von Stoffen, gleich drei Nähmaschinen, Bügelbrett und Bügeleisen, Schachteln mit Knöpfen und Nähgarn in Regenbogenfarben.

Die kleine Frau mit der riesigen Nase hob einen kleinen, selbst genähten Affen auf und sagte zu ihm: „Wir haben Besuch, Bubula. Sag schön Guten Tag zu Elie."

Es war Elie ein wenig peinlich, was Elvira da tat. Rundherum, auf allen Sitzgelegenheiten und Tischen verstreut, waren noch viel mehr Stofftiere, die sie alle selbst genäht hatte.

Elvira ließ den Affen Bubula mit der Pfote winken und sprach mit verstellter Stimme: „Hallo, Elie, wieso guckst du denn heute, als hätte dir jemand die Bananen weggegessen?"

„Ist Lili deine beste Freundin?", platzte Elie heraus.

Elvira lachte los, als hätte Elie gerade einen guten Witz gemacht. „Nein, das ist sie wirklich nicht." Sie musste sich auf einmal die Nase putzen und wischte sie danach noch lange mit dem Taschentuch ab.

„Aber du hast doch sicher eine beste Freundin!", hakte Elie nach.

„Natürlich." Elvira hob eine rote Kuh auf, die vier schlenkernde Beine hatte. Sie war aus Plüsch genäht und hatte kleine Hörner aus Holz. „Das ist sie. Das ist Vivi, meine beste Freundin. Was ich der schon alles ins Ohr geflüstert habe." Sie kicherte verschmitzt.

Elie seufzte. Mit Elvira konnte sie also auch nicht reden.

„Ich meine eine menschliche beste Freundin! Die hast du doch auch, oder nicht?"

Elvira lächelte scheu. „Ach, nein. Die habe ich nicht."

Elie reichte ihr das Säckchen. Elvira faltete den Anzug auf und untersuchte ihn gründlich.

Jemand klopfte, und Elie hoffte einen Moment, es könnte Lili sein, die heraufkam, um doch noch mit ihr zu reden. So richtig von Freundin zu Freundin. Es war aber nur Humphrey, der sich bücken musste, um nicht mit dem Kopf gegen den Türrahmen zu schlagen.

„Elie, mein Meisterstück", begrüßte er sie und ging dann gleich an ihr vorbei auf einen Perlenvorhang zu, durch den er verschwand.

„Ich habe keine Pfannkuchen mehr", rief ihm Elvira hinterher. Sein langes Gesicht zu einer übertrieben enttäuschten Grimasse verzogen, steckte Humphrey den Kopf wieder durch den Perlenvorhang.

„Wieso machst du immer nur so wenige?"

Elvira kicherte und reparierte ein kleines Stück Naht an Elies Anzug. „Damit ihr alle mehr wollt und sie euch besser schmecken."

Humphrey kam mit drei großen Keksen in der Hand zurück. An einem davon knabberte er. „Wenigstens bei den Keksen bist du nicht so knausrig."

An diesem Tag empfand sich Elie bei ihren neuen Freunden immer mehr als überflüssig. Alle schienen nur mit sich selbst beschäftigt zu sein.

So kam es für sie unerwartet, dass Humphrey sich vor sie stellte und sie ernst ansah. Er musterte sie von oben bis unten, legte den Kopf schief, schien zu überlegen, machte einen Schritt zurück, begutachtete ihre Beine und sagte schließlich: „Du müsstest Talent für Blitzsprünge haben." Elies verwunderter Blick ließ ihn gleich weiterreden. „Das sind Sprünge mit einer Geschwindigkeit, die kaum noch vom menschlichen Auge wahrgenommen wird."

„Gibt es nicht", entschlüpfte es Elie. Humphrey runzelte die Stirn. „Ich meine, *wie* soll es das geben?", verbesserte sich Elie sofort. Wenn sie Wände hochlaufen konnte, war vielleicht auch noch einiges andere möglich.

„Alles eine Sache des Trainings. Außerdem hilft dir der blaue Gürtel, den ich dir angefertigt habe. Wir fangen morgen gleich mit dem Training an."

Elie fühlte sich ein klein wenig überfahren. Konnte Humphrey sie nicht wenigstens fragen?

„Morgen habe ich Ballettstunde. Da kann ich nicht."

„Dann übermorgen. Nein, nächste Woche, da ich morgen zu meinem Großmeister fahre."

Natürlich wollte Elie gerne diese Sprünge lernen, allerdings war sie noch immer ein wenig beleidigt, weil Humphrey einfach so über sie verfügte.

„Du musst mein absolutes Meisterstück werden", erklärte Humphrey. „Ich habe mit meinem großen Meister gechattet und ihm von dir erzählt. Er ist beeindruckt, was ich in so kurzer Zeit zuwege gebracht habe, und hat mich angespornt weiterzumachen. Er meint, mit Geschick und guten Ideen könnte ich einiges aus dir herausholen. Es bestünde wirklich die Möglichkeit zu einem Meisterstück für mich."

In Elie kochte der Zorn hoch. Sie war niemand, der schnell und einfach so explodierte. Sie konnte ihre Wut lange zurückhalten. Wenn es ihr aber reichte, dann hatte sie wirklich genug. Ein solcher Moment war jetzt erreicht.

Elvira ließ den Anzug von ihrem Arm hängen und gab den Hosenbeinen einen kleinen Schubs mit der Hand, worauf sie sich zu falten begannen. Sekunden später steckte sie das kleine Stoffpäckchen in das Säckchen und reichte es Elie zurück.

„So gut wie neu!"

„Danke!" Elie steckte den Anzug schnell wieder ein. „Ich muss los."

„Bis zum Training!", rief Humphrey. Dabei prustete er Krümel durch den Raum, weil er gerade von seinem letzten Keks abgebissen hatte. „Aloha, mein Meisterstück!"

Die Hände zu Fäusten geballt, lief Elie die Treppe hinunter. Sie sprang fast auf die Straße hinaus und schloss ziemlich heftig die Tür hinter sich. Schnaubend atmete sie ein paar Mal durch.

Keine Ahnung, ob ich überhaupt wieder herkomme, dachte sie. Was bildeten die sich alle ein? Einer fühlte sich wohl besser als der andere, und Elie ließen sie einfach außen stehen.

Während sie zum Bus ging, fiel ihr Anela ein. Flüsterte der Geist von Lilis Schwester ihr nicht alles zu, was in Elies Leben und in ihrem Kopf vor sich ging? Sie musste ihr doch gesagt haben, wie wütend Elie war, und trotzdem kam kein Zeichen von Lili-U-O-Kalani. Weil sie es nicht glauben konnte, holte Elie ihr Handy heraus. Keine neue Nachricht. Um zu testen, ob es auch wirklich funktionierte, schaltete Elie es aus und wieder ein.

Auch danach kam keine Nachricht für sie an.

Hatte Lili sie einfach vergessen? Oder kein Interesse mehr an ihr? So wie andere eben auch, dachte Elie bitter.

14

„Wie geht das mit dem Blog?", fragte Elie, als sie Dario am Abend in der Küche traf.

Es roch verbrannt. Herr Hart hatte versucht, seinen Kindern etwas zu kochen, doch der Versuch hatte mit einer großen Rauchwolke geendet. Die Überreste lagen im Mülleimer, und stattdessen gab es gebratene Nudeln mit Hühnchen vom Chinesen.

Dana aß in ihrem Zimmer, Herr Hart vor dem Fernseher. Daher war Elie mit Dario allein in der Küche.

„Es ist nicht schwierig. Du musst dich nur auf einer Blogger-Seite anmelden und kannst loslegen." Dario holte seinen Laptop und führte Elie vor, was er meinte. Es war wirklich einfach.

„Wir können dich ja gleich anmelden", bot Dario an. Aber das lehnte Elie ab. Nicht einmal ihr Bruder sollte ihren Blogger-Namen wissen.

Später in ihrem Zimmer ließ sie ihren Computer hochfahren und tippte den Namen der Seite ein, die Dario ihr empfohlen hatte.

Kurz zögerte sie noch einmal, dann gab sie sich einen Ruck. Sie musste es tun, sagte sie sich. Sie musste so einen Blog starten und schreiben, was ihr auf dem Herzen und der Seele lag. Ihr blieb nichts anderes übrig, da sie von allen, die sie für ihre Freunde gehalten hatte, im Stich gelassen worden war.

Als Namen wählte sie „Ninja-Girl-Friend".

Sie beschrieb sich als achtzehn Jahre alt und gab als Wohnort die Nachbarstadt an. Sicher war sicher. Auf keinen Fall sollte jemand darauf kommen, wer sie wirklich war.

Die vielen Spalten des Steckbriefes ließ sie unausgefüllt.

Ihr Herz klopfte schneller, als sie sich an den ersten Eintrag machte. Viele Male begann sie zu tippen, und immer wieder löschte sie nach ein paar Zeilen alles wieder. Schließlich aber stand da:

Ich habe die ungewöhnlichste Freundin der Welt. Sie hat ein Geheimnis, das sie nur mir anvertraut, und ich darf hier auch nicht alles verraten, aber doch ein bisschen. Meine Freundin hat es mir erlaubt, weil sie euch etwas sagen will. Sie will euch mitteilen, dass es viel mehr zwischen Himmel und Erde gibt, als man sich träumen lässt.

Der letzte Satz klang etwas sehr geschwollen. Elie hatte die Formulierung aus einem der Liebesromane, die sie regelmäßig verschlang. Sie wollte ihn zuerst ändern, ließ ihn dann aber doch stehen.

Meine Freundin hat mich gebeten, ein kleines Interview mit ihr zu machen, damit sie sich besser vorstellen kann.

Frage: Wer bist du?

 Meinen echten Namen verrate ich nicht. Ich will nur bekannt sein als Liz Kiss.

Frage: Wie bist du auf diesen Namen gekommen?

 Antwort: Mein Zeichen ist ein Kussmund. Ich werde immer wieder auftauchen, wenn ich gebraucht werde.

Frage: Was bedeutet, du wirst immer wieder auftauchen?

 Vielleicht erinnern sich noch einige an die Party, auf der ein Ninja erschien, der die Wände entlanggehen konnte. Das war ich. Ich musste kommen, da sonst ein Unglück geschehen wäre. Wahrscheinlich sogar mehrere, und ich wollte sie verhindern. Wenn ich das kann, dann tauche ich auf.

Frage: Wie schaffst du es, eine glatte steile Wand nach oben zu gehen?

Darüber muss ich schweigen.

Frage: Bist du eine Superheldin?

 Nenne mich, wie du willst. Ich habe besondere Kräfte und bin zur Stelle, wenn andere nicht helfen können.

Elie las sich durch, was sie geschrieben hatte. Es klang nicht übel, fand sie. Vielleicht ein wenig wie ein Roman an manchen Stellen, aber das störte sie nicht. Im Gegenteil. Das durfte schon mal sein. War ihre Geschichte nicht auch wie aus einem Roman? Und wieso sollte sie nicht auch etwas besser dastehen, als sie war?

Nachdem sie den Text noch mindestens zehn Mal durchgelesen und alle Tippfehler ausgebessert hatte, klickte sie auf „Posten".

Ihr Herz machte fast einen Sprung.

In weißen Buchstaben erschien der Eintrag auf dunklem Grund.

Und jetzt?

Sie schaltete den Computer wieder ab und ging zu Dario. Er übte gerade auf seinem elektronischen Schlagzeug und hatte Kopfhörer auf. Zum Rhythmus wippend, hatte er die Augen geschlossen. Elie musste ihm einen Hörer vom Ohr ziehen, um sich bemerkbar zu machen.

„Was?!!" Dario war so sehr in sein Solo vertieft gewesen, dass er vorspielte, vor Schreck fast vom Stuhl zu fallen.

„Wenn ein Eintrag draußen ist, was ist dann?"

Dario sah seine Schwester mit einem Anflug von Mitleid an. Da er aber ein besonders freundlicher Bruder war, setzte er schnell ein Lächeln auf.

„Jetzt kann jeder lesen, was du geschrieben hast. Und wenn es gefällt, dann können deine Leser Kommentare hinterlassen."

Elies Herz begann von Neuem zu jagen.

Was würde sie für Kommentare bekommen?

Sicherlich waren es viele Fragen. Außerdem staunten bestimmt alle, dass sie Liz Kiss kannte und mit ihr in Verbindung stand. Sie rechnete mit Bewunderung. Eigentlich wollte sie noch am selben Abend wieder auf ihren Blog gehen und nachsehen, ob schon jemand etwas geschrieben hatte. Sie konnte sich aber zurückhalten und verschob es auf den nächsten Tag. Bestimmt gab es dann schon mehr Kommentare, und das würde sie sicher mehr freuen.

Sie war stolz auf sich. Außerdem fühlte sie sich erleichtert. Auch wenn sie sich keinem echten Menschen anvertraut hatte, so hatte sie doch anderen Leuten über Liz Kiss erzählt.

Falls Lili das nicht recht war, dann war es allein ihre Schuld. Elie hatte am Nachmittag darauf gebrannt, mit ihr zu reden und sie um Rat zu bitten. Sie wusste noch immer nicht, wieso Lili sie überhaupt eingeladen hatte. Was hatte sie von ihr gewollt? Hatte Lili aus Freude über Bertas Besuch Elie einfach vergessen?

Noch immer spürte Elie einen Groll in ihrer Brust. Sie fühlte sich von Lili im Stich gelassen.

Und von Mara war sie auch enttäuscht.

In deiner perfekten Stadt sollte es vor allem echte Freundinnen geben, die einander alles erzählen und füreinander da sind, dachte sie grimmig.

Madame Alice stand mit einem Klemmbrett im Arm an der Wand des Tanzsaales.

Die Luft im Raum war vor Spannung wie elektrisch geladen.

Die Mädchen saßen auf dem Boden oder lehnten seitlich an der Wand. Die meisten taten so, als wären sie ganz ruhig, aber allen war die Aufregung anzumerken.

Völlig überraschend hatte Madame Alice zu Beginn der Ballettstunde erklärt, sie wollte alle vortanzen sehen, damit sie mit der Besetzung für die Abschlussvorstellung in zehn Wochen anfangen konnte. Es sollten diesmal Ausschnitte aus berühmten Balletten gespielt werden, und Madame Alice hatte bereits angekündigt, in den Choreografien anspruchsvoll zu sein und für die Soli nur die besten Mädchen auszuwählen.

Elie hasste Vortanzen. Außerdem ging es ihr an diesem Tag einfach nicht gut. Ihre eigentlich beste Freundin Mara und sie redeten in der Schule kein Wort mehr miteinander, und das Schweigen zwischen ihnen tat fast schon weh. Elie jedenfalls litt darunter, Mara schien es gleichgültig zu sein.

Pailim beendete gerade ihren Tanz. Es war das gleiche Stück, das sie an ihrem ersten Tag in der Ballettschule vorgeführt hatte. Dieses Mal erschien es Elie noch gelungener und eleganter. Madame Alice nickte mit einer zufriedenen Miene, die sie nicht oft zeigte.

Als Nächste war Elie an der Reihe. Sie holte tief Luft und schloss die Augen. Seit ihre Liz Kiss nicht mehr nur in ihrem Kopf existierte, sondern Elie sich tatsächlich in sie verwandeln konnte, hatte sich auch in ihrem Tanzen einiges geändert. Ihre Bewegungen waren leichter und fließender geworden. Sie konnte es fühlen und hatte es auch durch die ungewohnt positiven Worte von Madame Alice bestätigt bekommen.

Von Frau Kast am Klavier kam der Auftakt, Elie ließ die Musik einfach ihre Arme und Beine erfassen und tanzte los. Es war angenehm, dass die vielen Gedanken in ihrem Kopf verstummten. Elie sprang und drehte sich. Sie überließ das Tanzen einfach ihrem Körper, der sich zur Musik bewegte. Als sie stehen blieb, bewegte sich ihr Brustkorb heftig auf und nieder. Sie hatte viel mehr Energie und Schwung eingesetzt als sonst. Wie aber war die Vorführung bei Madame Alice angekommen?

Elie hörte einige andere Mädchen murmeln. Es klang staunend und nicht spöttisch.

„Danke, Elisabeth!" Nur Madame Alice nannte sie bei ihrem vollen Namen. Einen weiteren Kommentar gab sie nicht ab. Erst gegen Ende der Stunde teilte sie den

Mädchen die Resultate mit. Alle würden in der einen oder anderen Szene tanzen, doch nur sehr wenige würden ein Solo bekommen.

„Ich bin sehr unentschlossen, wem von euch beiden ich ein Solo geben soll", sagte sie und blickte von Elie zu Pailim.

Niemals hätte Elie damit gerechnet, auf eine solch große Rolle überhaupt eine Chance zu bekommen.

„Die nächsten Wochen werden die Entscheidung bringen. Ihr müsst beide noch zulegen, wobei ich sagen kann, dass Pailim im Augenblick eher meine Favoritin ist."

Madame Alice war bekannt für ihre Direktheit. Elie blickte zu Pailim, die auf dem Boden saß und mit den Spitzen ihrer Tanzschuhe spielte.

Die Tanzlehrerin erklärte die Stunde für beendet, und die Mädchen gingen duschen und sich danach umziehen. Elie verließ gleichzeitig mit Pailim die Tanzschule. Sie war ein wenig verlegen.

Das Mädchen aus Thailand lächelte sie schüchtern von der Seite an. „Es ist schon in Ordnung so. Das gehört zum Ballett dazu."

Elie war überrascht, das zu hören.

„Aber wir sind jetzt … Gegnerinnen?"

Über diese Bemerkung lachte Pailim auf. „Meine Mutter sagt: Wir sind zwei Elfen, die beide im Mondschein tanzen. Wobei eine dabei einen Tautropfen berührt und etwas mehr funkelt."

Elie musste schmunzeln. „Das ... Das habe ich noch nie gehört."

„Meine Mutter war früher einmal Balletttänzerin. Heute schreibt sie Gedichte."

Die Mädchen standen nebeneinander, und einen Moment wussten beide nicht, was sie sagen sollten.

„Ich nehme den Bus", fing Elie an. Sie erinnerte sich an die Limousine, die Pailim das letzte Mal abgeholt hatte.

„Ich auch!" Pailim überquerte an Elies Seite die stark befahrene Straße. Der Bus kam sofort, und sie stiegen ein. In der letzten Reihe fanden sie zwei Plätze nebeneinander.

„Gefällt es dir in der Stadt hier?", wollte Elie wissen.

„Mir gefällt es überall und nirgends."

Was wollte Pailim damit sagen?

Die Erklärung kam schnell. „Wir sind so oft umgezogen. Ich kann nirgendwo zu Hause sein. Freundinnen habe ich nur zwei, und das sind meine Cousinen in Phuket. Ich rede mit ihnen übers Internet. Aber an der Schule bin ich immer nur eine Neue, die bald wieder fort ist. Ich will gar keine neuen Freundinnen mehr. Sie fehlen mir dann nur, und das tut weh."

„Willst du etwas trinken gehen? Die besten Milchshakes der Stadt gibt es zwei Stationen weiter", schlug Elie vor.

„Möchte ich gerne. Ich muss Mama nur sagen, dass ich später komme. Sie wollte nicht, dass ich den Bus

90

nehme. Aber ich mag es nicht, wenn sie mich immer von Papas Fahrer abholen lässt."

Im *Max* war ein Tisch direkt am Fenster frei. Die Mädchen setzten sich, und Elie schob Pailim die Karte zu. „Ich weiß schon, was ich nehme."

„Dann nehme ich das auch."

„Aber du weißt nicht einmal, was es ist?"

„Es wird mir schon schmecken."

Also bestellte Elie zwei Milchshakes mit Cookies und Kirsche.

„Du bist ungewöhnlich", stellte sie danach fest.

Pailim lächelte fragend. „Wieso? Ich bin doch nur ein ganz normales Mädchen aus Thailand."

„Aber du bist so ruhig, obwohl du weißt, dass nur eine von uns das Solo tanzen wird."

„Ach, es gibt doch viel Wichtigeres." Pailim winkte locker ab. „Denk nicht darüber nach. Wenn du es gerne tanzen möchtest, dann stolpere ich beim nächsten Vortanzen."

„Das machst du nicht wirklich!" Elie konnte es nicht glauben.

„Das tue ich, wenn das Solo dein Herzenswunsch ist. Ich mag viel lieber, dass du dich freust, als gegen dich zu tanzen. Was Madame Alice da tut, ist nicht sehr freundlich."

„So geht das jedes Jahr."

„Sie ist hart."

„Ja", seufzte Elie.

Die Milchshakes wurden gebracht. Sie waren vanille-gelb mit Kirschen obenauf und Schokoladensoße an der Innenseite des hohen Glases. Pailim kostete vorsichtig durch den Strohhalm. Sie verzog genießerisch das Gesicht und schnalzte mit der Zunge. „Hmmm, das hast du gut gewählt. Das wird bestimmt auch mein Lieblings-shake."

Sie fragte Elie nach Geschwistern und Hobbys. Die Mädchen plauderten, und Elie genoss es. So locker gere-det hatte sie mit Mara schon lange nicht mehr. Eigent-lich überhaupt nie. Konnten sie das überhaupt?

Elie starrte auf den Bildschirm. Sie konnte einfach nicht fassen, was sie da las. Es war nicht möglich. Es musste ein Scherz sein oder ein Irrtum oder ...

Ihr fiel nichts mehr ein, und zugleich wusste sie, es war weder Scherz noch Irrtum.

Zehn Leute hatten Kommentare zu ihrem ersten Blogeintrag hinterlassen. Der freundlichste lautete: „Doofe Angeberin". Andere nannten sie „Märchentussi" oder „Komplexi-Girl-Friend".

Niemand glaubte ihr. Alle dachten, sie habe das Interview mit Liz Kiss von A bis Z erfunden, um sich wichtigzumachen.

Die Leute glaubten nicht einmal, dass es jemanden wie Liz Kiss geben konnte. Ihr Auftauchen auf Anna Marias Party, das Hochlaufen an den Wänden und das Hocken an der Decke, das alles hielten sie nur für einen großen Scherz. Eine Art Zaubertrick und sonst nichts.

Elie konnte es den Leuten nicht einmal verübeln. Vor ein paar Wochen noch hätte sie selbst niemals geglaubt, jemals über solche unglaublichen Kräfte verfügen zu können.

Trotzdem aber kränkten sie die bissigen und ätzenden Aussagen ihrer Leser. Sie wollte den Blog wieder löschen und einfach vergessen. Der Mauszeiger stand bereits über „Alles löschen", da spürte sie Trotz und Entschlossenheit in sich. Es ging durch sie wie ein kräftiger Stoß, der ihr neuen Mut gab.

Statt den Blog stillzulegen, machte sie einen neuen Eintrag und setzte das Interview mit Liz fort.

Frage: Die Leute, die unser Gespräch gelesen haben, halten dich und alles, was du gemacht hast, für erstunken und erlogen. Was sagst du dazu, Liz Kiss?

 Das ist einfach schade. Vor allem tut es mir leid für dich. Sie halten meine allerbeste Freundin für jemanden, der sich mich nur ausdenkt. Aber ich bin echt.

Frage: Kannst du verraten, wie du zu diesen Kräften gekommen bist?

 Ich darf nicht allzu viel darüber verraten. Aber ich kenne eine Gruppe von Leuten, die sehr außergewöhnlich sind, und sie haben mir alles beigebracht, was ich heute kann. Außerdem habe ich von ihnen meinen Anzug. Doch meinen Namen habe ich von dir bekommen.

Frage: Wirst du nicht wütend, wenn Leute über dich spotten und dich für eine Erfindung halten?

 Es macht mich traurig. Aber auch nicht sehr lange.

Frage: Wann und wo wirst du wieder einmal auftauchen?

 Das kann ich heute noch nicht sagen.

Nachdem sie auch diesmal wieder alle Tippfehler ausgebessert hatte, drückte Elie auf „Posten". Das kleine Interview erschien in einem neuen Kasten unter dem ersten. Die Zeile darunter, in die Leser ihre Meinung eintragen konnten, war noch leer.

Doch Sekunden später erschien schon der erste Kommentar. Der Verfasser hatte ihm den Titel „Gequirlte Kacke" gegeben.

--- Wenn du keine gequirlte Kacke bist, dann zeige dich doch. Sag, wann und wo du auftauchst, und beweise, dass es dich gibt. Aber das wird nie passieren, weil du eben nur gequirlte Kacke bist. ---

In Elies Händen und Füßen kribbelte es. Sie bekam Lust, es diesem Großmaul so bald wie möglich zu beweisen, dass er der Dumme war. Sein Mund sollte so weit offen stehen vor Staunen, dass sie einen Fußball hineinwerfen konnte.

Weil sie keine Lust auf weitere blöde Kommentare hatte, schaltete Elie den Computer einfach ab. Neben ihr auf dem Schreibtisch lag das kleine Säckchen mit dem Ninja-Anzug. Sie befühlte es und drückte es an sich wie ein Kuscheltier.

Schnucks Laune war auf einem neuen Tiefpunkt angelangt.

Als er den *Blauen Löwen* betrat, hatte er den Kopf zwischen die Schultern gezogen und sah aus wie ein grimmiger Geier, der lange nichts zu fressen bekommen hatte.

Er stapfte, die Hände tief in seine ausgebeulten Hosentaschen gestopft, in eine finstere Ecke und ließ sich dort auf eine Holzbank fallen.

Theo kam und baute sich neben ihm auf. Er stank nach Keller, und seine fettigen Haare erschienen Schnuck noch widerlicher als sonst.

„Zahltag."

Schnuck hatte ein paar müde Euros in der Tasche, und die brauchte er selbst. Genauso dringend aber brauchte er jetzt etwas zu trinken.

„Nächste Woche", vertröstete er Theo.

„Wenn du dann nicht blechst, dann brauchst du dich nie wieder blicken zu lassen."

„Reg dich ab." Schnuck bestellte und folgte Theo zum Tresen. Ohne ihn um Erlaubnis zu bitten, setzte er sich an den Computer.

Er wollte dieses Ninja-Mädchen. Er brauchte sie. Sein Chef hatte ihm schon eine Warnung geschickt, er solle endlich den dressierten Affen organisieren, oder Leon würde die Fotos vom Überfall auf den Juwelier an die Polizei schicken, die Schnuck ins Gefängnis bringen würden.

Schnuck hatte Ingo bei der Schule abgepasst und ein Gespräch von Onkel zu Neffe führen wollen. Er war doch der nette Onkel Richie, der seinem lieben Neffen Ingo sogar eine Tüte Popcorn mitgebracht hatte.

Ingo hatte sie angenommen und sogar geöffnet. Schnuck hatte gedacht, alles laufe nach Plan, und er könne sich ein wenig mit Ingo verbünden. Er hatte ihm Fragen nach der Schule gestellt und nach seinen Freunden und ob er nicht auch schon eine Freundin habe.

Zuerst hatte Ingo alles beantwortet, wenn auch nur kurz und meist recht bissig. So sagte er, es würde ihm in der Baumschule gut gefallen, und im Unterricht hätten sie Blattläuse durchgenommen, die allesamt Schnuck ähnlich sähen. Schnuck hatte die Frechheiten mit zuckersüßer Miene geschluckt.

Als Ingo das Popcorn aufgegessen hatte, pustete er die leere Tüte auf und drehte sie oben zu.

„Sag doch gleich, dass du Kohle brauchst", erklärte er. „Meinst du, ich weiß nicht, was für einer du bist? Großvater nennt dich nur den Schandfleck, und Mama hat uns eingeschärft zu schreien, wenn du dich an uns ranmachst, weil du uns sicher nur um Geld anpumpen willst."

„Das ist nicht wahr! Ich habe nichts von Geld gesagt", versuchte Schnuck zu retten, was zu retten war.

„Tschüss mit Ü und Ciao mit Au!" Ingo ließ die Tüte vor Schnucks Gesicht zerplatzen. Es gab einen großen Knall, und Salz und Popcornkrümel flogen durch die Luft. Schnuck musste die Augen zupressen. Als er sie wieder öffnete, war Ingo fort.

Schnuck platzte fast vor Wut. Da könnte der eigene Neffe einmal nützlich sein und ließ dann nur Gemeinheiten los. Es war wirklich unverschämt.

Ingo wäre der einfachste Schlüssel zu dem Ninja-Mädchen gewesen.

Schnuck tippte am Bildschirm mit zwei Fingern die Wörter „Ninja Mädchen Wände Laufen" in das Suchfeld. Er wartete, weil Theos Internetverbindung langsam war.

Verschiedene Ergebnisse wurden angezeigt. Eines davon war die Seite eines Mädchens, das sich über eine Bloggerin namens Ninja-Girl-Friend lustig machte, die behauptete, eine Freundin zu haben, die Wände hochgehen konnte. Darunter stand die Adresse.

Aufgeregt klickte Schnuck auf den Link. Seine Augen bewegten sich immer näher an den Bildschirm, als er die Eintragungen über Liz Kiss las. Er überflog auch die Kommentare und schrieb dann selbst einen darunter.

Unter dem Namen R-BEST hinterließ er gleich zehn Nachrichten auf der Seite. Er hatte eine Idee, wie er das Mädchen ködern konnte.

Sein Handy klingelte. Es war Leon. Während er mit ihm sprach, hörte Schnuck, wie Leon im Hintergrund Dartpfeile warf. Es klang, als würde er einen tödlichen Treffer nach dem anderen landen. Sein Chef war bereits sehr gereizt, und seine Geduld würde nicht mehr lange andauern.

„Zu langsam. Immer noch zu langsam."

Humphrey war mit seiner Schülerin nicht sehr zufrieden an diesem Tag. Bereits zum dritten Mal trainierte er mit Elie die Blitzsprünge.

Der Tag war angenehm warm, und sie übten im Garten hinter dem flaschengrünen Haus. Der hohe Bambus, der am Zaun entlang wuchs, hielt alle neugierigen Blicke von Nachbarn ab.

Elie und Humphrey standen einander gegenüber. Ihre Aufgabe war es, zur Seite zu springen, bevor er sie packen konnte.

„Du musst deinen Körper genau an der Stelle wahrnehmen, wo du am Ende des Blitzsprunges sein möchtest", erklärte ihr Humphrey immer wieder. „So kannst du zwei oder sogar drei Meter weit nach rechts oder nach links springen."

Elie nickte. Sie glaubte wirklich, verstanden zu haben, was er meinte, trotzdem wiederholte Humphrey seine Erklärung immer wieder. Was war der Grund?

„Ich … Ich mache es doch richtig", verteidigte sich Elie.

Humphrey machte einen schnellen Schritt auf sie zu, und bevor sie mit einem Blitzsprung ausweichen konnte, hatte er sie schon an der Schulter gepackt.

„Richtig ist, wenn ich dich nicht mehr fassen kann."

„Du warst zu schnell."

„Nein, du warst zu langsam. Viel zu langsam. Los, tu endlich, was ich dir erklärt habe."

Elie starrte ihm in die Augen. Der Trick war, dem anderen nicht anzuzeigen, in welche Richtung man springen wollte. Die Stelle, an der sie landen wollte, hatte sie sich vorher schon eingeprägt. Es war ein Flecken Gras, der etwas heller und höher war und direkt neben einem kleinen runden Beet mit violetten Blüten lag.

Als Humphrey sich abermals auf sie zubewegte, sprang Elie. Sie musste sich dazu nicht einmal stark abstoßen. Ein leichtes Aufsetzen der Fußsohlen genügte, und sie spürte eine ungeheure Kraft, die sie von der Seite erfasste und leicht in die Luft hob. So flog sie über die Spitzen der Grashalme. Vor ihren Augen verschwammen der Garten und die Hausmauer, Humphrey und die beiden Palmen, die hinter ihm aus großen Holzeimern wuchsen.

Die Landung versetzte ihr einen sanften Stoß, der durch beide Beine ging und sie mit den Knien abfedern ließ.

Sie bemerkte, wie Humphrey neben ihr stolperte und ins Leere griff. Sie drehte sich zu ihm und blickte dann hinunter zu ihren dünnen Trainingsschuhen, die er ihr geliehen hatte.

Für den Anfang nicht schlecht. Der angepeilte Grasfleck war nur zwei Handbreit von ihr entfernt.

„Besser?", fragte sie Humphrey und erwartete ein begeistertes Ja.

„Nicht mehr so schlecht."

„Ich kann dir gar nichts mehr recht machen", beschwerte sie sich leise.

„Zu viele Gedanken ziehen durch deinen Kopf. Sie machen dich unkonzentriert und schwach."

Beinahe wollte Elie schon sagen: Alles eure Schuld, weil es bei euch nicht mehr so ist wie früher.

Noch immer war Berta mit der riesigen Sonnenbrille bei Lili zu Gast. Lili schien den ganzen Tag mit ihr zu verbringen. Nie hatte Elie die Gelegenheit, allein mit ihr zu reden.

„Kokoskeks!" Lili-U-O-Kalani winkte aus dem Fenster ihrer Wohnung. „Ich habe etwas für dich."

Das klang vielversprechend. Elie überlegte, was es sein könnte. Vielleicht war Lili endlich einmal allein.

„Zuerst trainieren wir noch weiter. Mindestens eine Stunde", ordnete Humphrey an. Lili gab sich sofort geschlagen und zog sich vom Fenster zurück.

Nach mindestens hundert weiteren Sprüngen – jedenfalls schienen es Elie so viele zu sein – fühlte sie sich sehr schlapp und müde.

Lili saß wie gewohnt mit Berta zusammen. Elie musste immer die kupferroten Haare anstarren, die von selbst zu leuchten schienen.

„Berta hat angeboten, dir ein wenig Hypnose beizubringen", verkündete Lili. Sie sah Elie auf eine Art an, als erwarte sie jetzt Jubel und Begeisterung. Obwohl Elie müde war und enttäuscht, schon wieder nicht mit Lili unter vier Augen reden zu können, lächelte sie freudig.

„Es sind wirklich nur die allerersten Schritte", erklärte Berta mit tiefer Stimme. „Doch wenn ich mir so anhöre, welche Ausbildung du hier erhältst, dann könnte Hypnose eine wertvolle Ergänzung sein."

„Ist es schwierig?", wollte Elie wissen.

Berta antwortete darauf nicht. Sie hielt beim Reden immer die Finger gespreizt und machte mit den Händen Bewegungen wie eine Ballerina beim Spitzentanz.

Tief und ernst erklärte sie, wie wichtig es war, sich bei jedem Wort, das man bei der Hypnose sprach, auf einen Punkt im Kopf hinter der Nasenwurzel zu konzentrieren. Jeder Befehl musste überzeugend klingen und ernst gemeint sein.

„Niemals aber darfst du jemanden zu etwas zwingen, das ihn in Gefahr bringt oder verletzt. Verstehst du das?" Sie blickte über den Rand ihrer Sonnenbrille, und ihr Blick schien Elie regelrecht zu durchbohren.

Lili stellte sich für Elies ersten Hypnoseversuch zur Verfügung.

„Du nimmst den Turban ab und wirfst ihn auf den Sonnenschirm", befahl Elie mit ihrer tiefsten, autoritärsten Stimme.

Leider begann Lili darüber nur zu lachen.

„Nicht so … nicht diese Stimme … das ist zu komisch“, flehte sie und wischte sich die Lachtränen aus den Augen.

„Mehr Natürlichkeit, aber voller Überzeugung“, mahnte Berta.

Nachdem sie sich gesammelt hatte, unternahm Elie den nächsten Versuch. „Lili … nimm deinen Turban ab.“

Sie hatte sich vorgestellt, wie die Worte durch einen kleinen Lautsprecher über ihrer Nasenwurzel herauskamen und direkt in Lilis Ohren drangen. Elie fühlte eine Kraft aus ihren Augen schießen, die sich durch Lilis Pupillen in ihren Kopf bohrte.

Zuerst dachte Elie, Lili würde nur schauspielern. Sie blickte auf einmal recht glasig und starr, hob die Hände und setzte den Turban ab. Er war diesmal aus meerblauem Stoff mit einem Muschel-und-Fisch-Muster.

„Jetzt gut zielen und werfen“, fuhr Eli fort.

Auch das tat Lili gehorsam. Der Turban landete oben auf der weißen Kugel an der Spitze des Sonnenschirmes.

Keanu war begeistert. „Lili kann das normalerweise nicht. Sie hasst Bälle und Werfen.“

„Anfängerglück“, beschwichtigte Berta. „Doch du hast Talent, Mädchen, das muss ich zugeben.“

Aber auch bei der Hypnose galt es noch viel zu lernen und zu üben, wie sie betonte.

Mein Leben besteht nur noch aus Lernen und Üben und Trainieren, dachte Elie mit einer gewissen Bitterkeit.

Mit keiner Silbe erwähnte Lili, von Elies Kummer etwas zu wissen. Dabei musste ihr doch Anela etwas darüber geflüstert haben. So war es immer gewesen. Oder war Anela verstummt?

So beiläufig wie möglich fragte Elie nach ihr.

„Es geht ihr ausgezeichnet. Sie treibt eine Menge Unsinn hier in der Stadt", antwortete Lili ganz selbstverständlich.

Wieso war Lili-U-O-Kalani so verändert? Elie verstand es einfach nicht. Sie darauf anzusprechen, traute sie sich aber auch nicht.

Wieder wurde sie sauer auf ihre neuen Freunde, die auf einmal so weit entfernt schienen, selbst wenn Elie mit ihnen ihre Zeit verbrachte. *Es war schon fast wie in der Schule,* dachte sie.

18

Wieder saß Elie mit Pailim nach dem Ballettunterricht im *Max*. Pailim hatte diesmal ein Erdnuss-Shake ausprobiert, Elie war bei ihrem Cookies-und-Kirsch geblieben.

„Meine Cousine ist so ein Tollpatsch", erzählte Pailim. „Ihr stößt ständig etwas zu. Sie hat letzte Woche Staub gesaugt, um ihrer Mutter eine Freude zu machen. Beim Umdrehen hat sie mit dem Saugrohr eine ganze Reihe von teuren Gläsern aus einem Regal gefegt. Sie sind alle auf dem Boden zerbrochen."

Elie schlug eine Hand vor den Mund, um zu zeigen, wie entsetzt sie war.

Kichernd fuhr Pailim fort. „Meine Cousine hat gemeint, es wäre doch praktisch, dass sie gerade den Sauger in der Hand hatte. So musste sie ihn nicht holen, um die Scherben aufzusaugen." Elies neue Freundin lachte ein wenig verschämt.

„Deine Cousinen sind wirklich lustig", pflichtete ihr Elie bei.

„Aber sie sind so weit weg", meinte Pailim seufzend.

Sie warf einen Blick auf die Uhr.

„Es ist spät. Ich muss nach Hause." Sie legte das Geld für den Milchshake auf den Tisch. „Aber wir sehen uns schon wieder am Freitag."

Elie freute sich darauf. Pailim und sie hatten sich ein wenig angefreundet, fand sie. Gleichzeitig aber musste sie am Nachmittag immer öfter an Mara denken. In der Schule redeten sie immer noch kaum miteinander. Mara bat Elie ab und zu, sie vor einer Schulstunde über den Stoff der vergangenen Woche abzufragen, doch das war auch schon alles.

Elie fand es traurig. Vor allem nach all den vielen Jahren, die sie sich schon kannten. Sie wollte es ändern und Mara sagen, dass sie doch irgendwie noch immer Freundinnen waren. Auch wenn es nicht ganz die Freundschaft war, die sie sich wünschte. Aber vielleicht gab es verschiedene Arten von Freundinnen, und Elie wollte mit Mara lieber eine Freundschaft wie früher als dieses Schweigen und Wegsehen.

Pailim winkte Elie zum Abschied und lief zum Bus, der auf der anderen Straßenseite gerade anhielt. Ein heftiges Hupen ertönte, und Bremsen quietschten.

„He, mach die Augen auf!", schimpfte ein Autofahrer aus dem Fenster. Pailim war ihm vor den Wagen gesprungen, weil sie ihn wohl übersehen hatte. Sie machte ein zerknirschtes Gesicht und wirkte fast, als würde sie gleich anfangen zu weinen. Aber bevor Elie zu ihr laufen konnte, war sie schon in den Bus gestiegen, der auch gleich anfuhr.

Das war knapp gewesen. Pailim hatte wirklich Glück gehabt.

Elie hatte noch Zeit bis zum Abendessen, das sie nicht versäumen durfte. Ihre Mutter war in letzter Zeit noch pingeliger als sonst, da sie viel zu tun hatte und selten zu Hause war. Zuerst versuchte Elie, Mara anzurufen, aber sie ging nicht an ihr Handy.

Weil es nicht weit war, beschloss Elie bei Mara vorbeizuschauen. Sie wusste, in welchem Haus ihre Familie wohnte, aber sie war noch nie bei ihr gewesen. Elie nahm einen anderen Bus und stieg drei Stationen weiter schon wieder aus. Sie lief zwei Gassen, bis sie vor der Hausnummer 29 stand.

Es war ein dunkelgrauer Klotz mit fünf Stockwerken. Maras Wohnung war im obersten Stock.

Auf einmal überkam Elie der Wunsch, heimlich bei ihrer Freundin durchs Fenster zu sehen. Sie wollte sehen, wie Mara lebte. Aber wie sollte sie das bewerkstelligen?

In ihrer Jackentasche konnte sie den Stoffbeutel mit dem Ninja-Anzug fühlen. Aber es war helllichter Tag, und daher war es auch völlig undenkbar, eine Mauer hinaufzulaufen. Die Gefahr, entdeckt zu werden, war viel zu groß.

Elies Blick wanderte zum Dach hinauf. Es besaß zwei große Luken, die beide offen standen. Falls sich darunter keine Wohnung, sondern ein Dachboden befand, konnte sie von dort hinaus und zu den Fenstern von Maras Wohnung kriechen. Sie sah sich in der Gasse um, die

108

sehr still war. Gegenüber dem Wohnhaus befand sich ein leeres Grundstück, das mit uralten, sehr hohen Bäumen bewachsen war. Sie würde also dort oben kaum von irgendjemandem gesehen werden.

Das Haus besaß ein Klingelbrett und eine altmodische Gegensprechanlage, aber die Haustür war nicht abgesperrt und stand sogar einen Spaltbreit offen. Elie trat ein und schlich zum Treppenhaus. Sie blickte nach oben, aber es gab kein Zeichen, dass irgendjemand herunterkam.

Immer zwei Stufen nehmend. sprang sie hinauf. Im fünften Stock legte sie eine kurze Pause ein. Sie trat an die Haustür mit den Namensschild „Blum“. Elie lauschte, hörte aber nichts. Als sie den Flur weiter zur nächsten Treppe ging, kam sie an einer anderen Wohnungstür vorbei, an der ebenfalls „Blum“ stand. Das überraschte Elie.

Unten wurde das Haustor energisch geschlossen. Sie warf einen Blick das Treppenhaus hinunter und sah einen aschblonden Mann mit sehr rundem Gesicht heraufkommen. Es war Herr Blum, Maras Vater. Sie kannte ihn vom Elternsprechtag in der Schule.

Schnell setzte Elie den Weg ins Dachgeschoss fort und wurde nicht enttäuscht: Hinter einer Metalltür lag ein staubiger Speicher, wo die Hausbewohner ihre Wäsche zum Trocknen auf lange Leinen hängten, die kreuz und quer gespannt waren. Hinter einem großen Laken holte Elie ihren Anzug heraus, schüttelte ihn kurz, und sobald er sich aufgefaltet hatte, schlüpfte sie hinein. Mit den Händen stemmte sie sich in der Luke hoch und kroch von dort auf das Dach hinaus. Noch einmal kontrollierte sie, ob ihr Gürtel auch gut festgezogen war. Dann kroch sie auf allen vieren die Dachschräge nach unten bis zur Regenrinne.

Der Blick über die Kante nach unten ließ sie kurz schlucken. Es war sehr, sehr hoch. Hob sie den Kopf, sah sie auf die grünen Kronen der Bäume auf der anderen Straßenseite. Der Sommerwind wehte hier oben kräftiger.

Es kostete Liz Kiss alle Überwindung, die Handflächen über die Regenrinne zu setzen und darunter nach der Hausmauer zu tasten. Sie konzentrierte sich mit aller Kraft auf die Vorstellung, wie eine Fliege an der Wand zu kleben. Humphrey hatte ihr eingeschärft, immer genau vor Augen zu haben, welche Bewegungen sie machen wollte.

Nicht nur ihre Hände hafteten, sondern auch ihre Knie und Fußspitzen. Ähnlich einem Weberknecht konnte Liz die Regenrinne überklettern und auf allen vieren an der Hauswand über den Fenstern der Wohnungen entlanglaufen. Der leichte Dachvorsprung spendete einen angenehmen Schatten, mit dem das dunkle Blau ihres Anzugs verschmolz. Für Beobachter war sie so kaum zu erkennen.

Liz bewegte sich voran und warf von oben Blicke in die einzelnen Räume. Das erste Zimmer war leer, könnte aber Mara gehören. Liz glaubte, ihre Schultasche neben dem Schreibtisch zu sehen. Das Glas der Scheibe spiegelte aber. Trotzdem konnte sie erkennen, wie ordentlich das Zimmer aufgeräumt war, was ebenfalls auf Mara hindeutete.

Die nächsten beiden Zimmer waren das genaue Gegenteil. In einem hing ein Junge in Darios Alter am Computerbildschirm, als wäre er mit den Augen festgewachsen. Im nächsten lag Maras jüngerer Bruder in einem Chaos aus Kleidungsstücken und Spielzeug auf dem Rücken und hielt eine tragbare Spielkonsole über sich.

Sie kroch weiter.

Im Wohnzimmer saß eine sehr dünne Frau in einem schiefen Lotussitz auf einem Kissen auf dem Boden. Sie hatte die Hände mit den Flächen nach oben auf den Knien, und ihre Augen waren geschlossen.

Durch das offene Fenster drangen indische Klänge und Schwaden von süßlichem Rauch. Ein ganzes Bündel Räucherstäbchen steckte in einer Schale mit Sand und glomm vor sich hin.

Liz kroch an der Seite des Fensters etwas tiefer, weil ihr sonst alles Blut in den Kopf schoss. So konnte sie kauern und an der Mauerkante vorbei in das Zimmer spähen.

Herr Blum stand in der Wohnzimmertür. Er hatte die Lippen zusammengepresst und schien bemüht, die Ruhe zu bewahren. Mara tauchte neben ihm auf und nahm ihm die Bürotasche ab.

„Hallo, Papa, alles gut?"

Es war eine andere Mara als in der Schule, dachte Liz Kiss. Damit meinte sie nicht die Mara der vergangenen Tage, sondern überhaupt. Ihre Freundin erschien ihr erwachsener, fast ein wenig wie eine Mutter.

„Rhonda, musst du das jetzt machen?", fauchte Herr Blum.

Ohne die Augen zu öffnen, sagte Frau Blum langsam: „Ich versetze alle in die Schwingung der Liebe und des Friedens, in dieser Wohnung, diesem Haus, der Stadt und dem Land."

„Hast du mit Tim Englisch gelernt? War Elias heute in der Schule?" Nur sehr mühsam konnte Herr Blum seinen Zorn zurückhalten.

Mara tauchte wieder auf und reichte ihm ein Glas Bier.

„Hier, Papa, das tut dir immer gut."

„Hast du gekocht?"

„Ja, wir können bald essen."

Herr Blum nahm einen großen Schluck Bier. „Mara, ich will das nicht. Du sollst nicht immer deiner Mutter alles abnehmen."

„Aber sie ... sie hat doch auch zu tun."

„Sie tut nichts. Sie sitzt nur da und rettet die Welt. Dabei ist ihr eigener Haushalt ein Saustall."

„Nein, das Wohnzimmer ist doch sauber! Und mein Zimmer habe ich auch aufgeräumt. Drüben bei dir ist auch alles fein. Ich habe überall Staub gewischt und heute sogar die Fenster geputzt."

Herr Blum machte ein ernstes Gesicht und fasste seine Tochter an den Schultern. „Mara, ich will das nicht. Bitte, hör endlich auf damit. Du bist ein Mädchen und hast mit der Schule schon genug zu tun."

„Ich habe heute eine Eins in Mathe bekommen." Mara erzählte es in einem Tonfall, als hätte sie gar nicht hingehört, was ihr Vater gesagt hatte.

„Du sollst auch einmal hinaus und dich mit deinen Freundinnen treffen."

Frau Blum verzog schmerzhaft das Gesicht, da er immer lauter wurde.

„Ich meditiere noch immer. Kannst du bitte in *deiner* Wohnung schreien? Hier ist eine Oase des Friedens."

„Hier ist kein Friede!", sagte Herr Blum böse. „Du gehst nie zu Tims Lehrern. Du musst dir nicht anhören, dass Elias in der Schule die anderen ständig verprügelt."

Da stand Frau Blum auf und trat vor ihren Mann.

„Bitte nicht, hört auf!", flehte Mara. Aber die Eltern nahmen sie nicht einmal wahr. Sie fingen an, sich anzuschreien und gegenseitig Vorwürfe zu machen. Mara stand eine Weile daneben und hielt sich die Ohren zu, dann lief sie fort. Liz kroch zurück zum Fenster ihres Zimmers. Auf dem Weg dorthin warf sie noch einen Blick in die Zimmer von Maras Brüdern. Beide trugen große Kopfhörer und bekamen von dem Streit nichts mit. Wahrscheinlich war das ihre Art, von zu Hause zu fliehen.

Mara saß an ihrem Schreibtisch, den Kopf in die Hände gestützt. Sie weinte, und ihre großen Augen waren schnell rot. Von Liz Kiss am Fenster bemerkte sie zum Glück nichts.

Liz tat sie unendlich leid. Bestimmt ging es jeden

Abend bei Mara so zu, und sie wollte nicht darüber reden, weil es ihr sehr unangenehm war. Aus dem Wohnzimmer drang auch weiter das Streiten der Eltern.

„Lass dich doch scheiden. Geh doch endlich, aber das traust du dich ja auch nicht!", schleuderte Frau Blum ihrem Mann an den Kopf.

„Ich lasse meine Kinder nicht im Stich!", brüllte Herr Blum zurück. „Denn bei dir würden sie einfach verkommen. Du bist wirklich die schlechteste Mutter, die man sich denken kann."

Mara warf sich auf ihr Bett. Sie legte sich das Kissen auf den Kopf und presste es auf ihre Ohren.

Liz Kiss kam sich jämmerlich vor. Sie kauerte wie eine Spinne unter dem Dachvorsprung und konnte nichts tun, außer Mara zu bedauern. Sie verstand jetzt, dass Mara nicht aus Gemeinheit nicht mit ihr reden wollte. Außerdem ahnte Liz auch, wieso Mara selbst nicht alles wissen wollte: Sie fürchtete sich vielleicht davor, etwas zu hören, das ihr zu viel war. Oder sie schaffte es auch gar nicht mehr, richtig zuzuhören, weil sie sich ständig Sorgen machte.

Vielleicht sollte Liz Kiss Maras Eltern hypnotisieren, damit sie wieder friedlicher wurden. Aber würde das noch nützen, wenn sie schon mit solchen Gemeinheiten und Grobheiten um sich schleuderten?

Eine sehr geknickte und kleinlaute Liz Kiss kehrte auf den Dachboden zurück. Während sie sich wieder in Elie verwandelte, musste sie an ihre eigene Familie denken.

Dana war eine Giftspritze.

Dario ein Prachtbruder.

Ihr Vater war lieb.

Ihre Mutter konnte nie aufhören zu managen.

Es war sicher nicht die beste Familie der Welt, aber Elie erschien sie wie aus einer Fernsehserie im Vergleich zu dem, was sie gerade erlebt hatte.

Sie konnte nichts darüber zu Mara sagen. Dafür müsste sie sich nämlich als Liz Kiss zu erkennen geben. Vielleicht konnte sie das eines Tages auch tun. Das Geheimnis wäre bei Mara sicher.

Im Augenblick aber ging es nicht.

Oder doch?

Wenn sie ihr einfach mitteilen wollte, wie gut sie Mara nun verstehen konnte?

Elie musste ständig an die Blums denken.

Um sich abzulenken, ging sie ins Internet und rief ihren Blog auf. Sie wollte wieder etwas schreiben, wusste aber noch nicht genau, was.

Seit ihrem letzten Besuch waren mehr als hundert Kommentare dazugekommen. Ein Eintrag war schlimmer und bissiger als der andere, trotzdem konnte Elie die Augen nicht abwenden und las sie alle. Es war wie eine juckende Stelle am Körper, an der sie sich nicht kratzen sollte. Sie musste es einfach tun.

Jemand mit dem Profilnamen R-BEST hatte drei Mal einen Block mit je zehn Eintragungen hinterlassen. Sie lauteten immer gleich:

LÜGE
BEWEIS ES
LÜGE
BEWEIS ES
LÜGE
BEWEIS ES
LÜGE

BEWEIS ES
LÜGE
BEWEIS ES

Damit hatte er eine Lawine weiterer Forderungen nach
Beweisen ausgelöst. Immer mehr Leser schlugen vor, Liz
Kiss sollte doch ankündigen, wo sie sich zeigte. Dann
würden sie kommen, um das Ninja-Mädchen mit eige-
nen Augen zu sehen. Bis dahin aber war sie für alle
nichts als eine dumme Erfindung.

Elie wurde wieder wütend. Sie würde es allen zeigen
und beweisen. Allen. Irgendwann einmal. In nicht so
ferner Zukunft. Aber auch nicht so bald.

Beim Abendessen erfuhr sie, dass auch ihr Lieblingsbruder Dario schon den Blog entdeckt hatte. Er erzählte
Elie quer über den Tisch, dass es bereits ein Forum gab,
in dem alle über Liz Kiss und ihre Bloggerfreundin läs-
terten und dumme Witze machten. Der ahnungslose Dario lachte sich darüber schief, aber Elie fand es gar nicht
komisch.

Auf einmal, einfach so, fragte sie ihre Eltern: „Wolltet
ihr euch jemals scheiden lassen?"

Herr und Frau Hart wechselten einen erschrockenen
Blick.

„Wieso … Also, warum …?", begann ihr Vater sto-
ckend.

„Ach … Weil ich glaube, dass Maras Eltern sich nicht
so gut vertragen."

„Die hassen sich!", bemerkte Dana, die ihren Salat mit einzelnen Tropfen aus einer Zitrone anrichtete. „Tim geht in meine Klasse. Er zählt die Wochen und Tage, bis er endlich ausziehen kann. Seine Mutter hat zu viele Räucherstäbchen gerochen und ist eine für nichts zu gebrauchende Schnepfe, sagt er immer."

Frau Hart schlug auf den Tisch. „So etwas möchte ich bei uns nicht hören."

„Er sagt das, nicht ich!", verteidigte sich Dana.

Die Antwort auf Elies Frage blieben die Eltern schuldig. Dabei war auch bei ihnen nicht immer alles bestens. Frau Hart schimpfte zum Beispiel oft mit ihrem Mann, weil er sich in der Firma viel zu viel von seinem Chef gefallen ließ.

An diesem Abend wurde Elie alles zu viel. Ihr Kopf fühlte sich an wie ein Ballon kurz vorm Platzen. Ihre Stirn glühte, und Frau Hart vermutete sogar Fieber.

Elie legte sich früh ins Bett.

Ping-Ping!

Kokoskeks, du bist ein Prachtmädchen. Eine wahre Prinzessin der Meere und gut ausgestattet mit Hirn, Herz und Aloha für eine halbe Stadt. ♡

Mir geht es nicht gut. Ich werde wohl krank.

> Wirst du nicht. Die Welt braucht dich. Denke an den Regenbogen und den springenden Wal, der einfach nur Freude am Leben hat. ☺

> Mir geht es wirklich nicht gut.

> Trinke Tee aus Blüten und iss Honig, dann wird die Welt vor dir wieder erblühen. Aloha!

Elie legte das Handy weg. Ihre schwergewichtige Freundin aus Hawaii ging ihr mal wieder gehörig auf die Nerven – auch wenn sie ihr dazu verholfen hatte, Liz Kiss zu werden.

Außerdem wollte Elie nur noch Ruhe, sonst gar nichts mehr. Sie schloss die Augen, aber da begann alles rund um sie zu wirbeln. Sie sah die streitenden Blums, Leute ohne Gesichter, die sie alle als Lügnerin beschimpften, und mittendrin die verzweifelte Mara. Rundherum lagen Lili, Keanu, Humphrey und Elvira in Hängematten und kümmerten sich nicht um sie.

Nein!!!! Sie wollte schreien.

Auf einmal aber überkam sie eine tiefe Ruhe. Sie wusste, was sie machen wollte, und im nächsten Moment war sie eingeschlafen.

Am nächsten Morgen, als sie verschlafen wie immer in die Küche kam, traf sie dort nur ihre Mutter an.

„Dario und Dana haben heute erst später Schule", erklärte ihre Mutter.

Sie bereitete das Frühstück mit Bewegungen zu, die an einen Roboter erinnerten. Normalerweise hatte sie morgens schon einen Kopfhörer mit Mikrofon aufgesetzt und telefonierte. Nicht aber so an diesem Tag. Sie stellte Elie eine Schüssel mit Müsli und Früchten hin und setzte sich zu ihr. Mit beiden Händen hielt sie die große Kaffeetasse.

Herr Hart kam in die Küche, die Haare noch feucht von der Dusche. Er hatte seinen Tablet-Computer bei sich und wollte darauf Zeitung lesen, aber seine Frau hielt ihn mit einem strengen Blick davon ab. So nahm er sich Kaffee und bestrich einen Toast mit Butter.

„Elie, wieso hast du gestern Abend gefragt, ob wir uns scheiden lassen wollen?", erkundigte sich ihre Mutter vorsichtig.

„Es gibt immer Krisen, aber die muss man eben bewältigen", sagte ihr Vater dazu.

Etwas verwirrt blickte Elie zwischen ihren Eltern hin und her.

„Also, wir wollen nicht, dass unsere Kinder unter unseren Schwierigkeiten leiden oder sich unnötig Sorgen machen", setzte ihre Mutter fort.

„Heißt das, ihr wollt euch scheiden lassen?", fragte Elie alarmiert.

„Nein, nein, nein, das heißt es nicht", versicherte ihr Frau Hart schnell.

Langsam glaubte Elie zu verstehen. „Aber ihr habt Probleme."

„Die haben alle." Herr Hart nahm Platz und wollte weiterreden, aber seine Frau hielt ihn mit einer energischen Geste davon ab.

„Du brauchst dir keine Sorgen zu machen. Wir … Also, wir haben alles im Griff, und wir bleiben eine Familie."

Elie sah ihre Mutter und ihren Vater ein wenig zweifelnd an. „Ist in Ordnung", sagte sie schließlich. Sie hatte es nicht geahnt, aber ihre Eltern schienen wirklich Probleme zu haben.

„Wirklich. Es ist alles gut", beteuerte ihr Vater noch einmal.

An diesem Tag erschien es Elie fast als eine Erleichterung, zur Schule gehen zu können. Die Ansprache ihrer Eltern hatte das Gegenteil von dem erreicht, wozu sie wohl gut sein sollte: Elie war noch stärker beunruhigt als vorher.

An diesem Schultag verhielt sich Elie in der Klasse ein wenig so wie ihre Mutter in der Küche beim Frühstückmachen. Ihre Augen waren vorne bei den Lehrern, sie wirkte aufmerksam, und ihre Hand notierte das Wichtigste. Ihre Gedanken aber waren woanders.

Elie schmiedete einen Plan. Sie wollte diesen widerlichen Typen, die sich alle über ihren Blog lustig machten, beweisen, wie falsch sie lagen. Sie würde als Liz Kiss auftauchen und eine Vorführung liefern, dass allen die Kinnlade bis auf die Straße hinunterklappte.

Das Wichtigste für die Aktion war der richtige Ort. Sie hatte auch schon eine Idee, wo das sein könnte.

Am Nachmittag verließ sie das Schulhaus zur gleichen Zeit wie Mara. Sie gingen wieder einmal schweigend nebeneinander. Elie musste daran denken, was sie als Liz Kiss beobachtet hatte und wie leid ihr Mara tat.

„Ich spendiere uns Milchshakes im *Max*", verkündete sie auf einmal.

Mara sah sie mit ihren großen Augen ungläubig an. „Aber wir sind doch keine Freundinnen mehr."

Elie überging das einfach. „Milchshake?"

Mara war einverstanden.

Das *Max* war ziemlich voll, die Mädchen fanden aber einen kleinen Tisch ganz am Rand des winzigen Vorgartens. Dort war es an diesem warmen Tag ohnehin gemütlicher und luftiger als drinnen im Lokal. Mara studierte die Karte lange und entschied sich für Joghurt-Frucht, Elie bestellte sofort das Gleiche.

„Hier ist viel los", stellte Mara fest. Elie erinnerte sich erst jetzt, dass Mara normalerweise nie hier herkam.

„Mir gefällt es hier immer", sagte sie fröhlich.

„Hm", machte Mara. Einen Moment wussten beide nicht, was sie als Nächstes sagen sollten.

„Und? Wie geht es dir so?", begann Elie vorsichtig.

„Ist da jemand neugierig?"

Elie war ein bisschen gekränkt über diese Antwort. „Es interessiert mich wirklich", verteidigte sie sich.

Mara spürte, dass sie das nicht hätte sagen sollen, und meinte beschwichtigend: „Es ist alles gut bei mir. So eben."

Sollte Elie weitere Fragen stellen?

„Und du? Wie läuft's bei dir?" Mara starrte Elie ins Gesicht.

„Bei mir…?"

Was sollte Elie jetzt antworten? Konnte sie Mara vielleicht doch anvertrauen, wie unglaublich sich ihr Leben verändert hatte? Sie wollte es so sehr. Schließlich kannten sie sich seit dem Kindergarten, und Mara konnte sie bestimmt vertrauen. Sie behielt Geheimnisse für sich.

Sonst hätte sie bestimmt schon mehr über den ständigen Krach in ihrer Familie erzählt.

„Bei mir ist es so, dass da etwas Unglaubliches geschehen ist …"

„Hat da jemand mit Ingo geknutscht?"

„Nein!"

Die Milchshakes wurden serviert, und beide Mädchen nahmen schlürfend einen großen Schluck durch den Strohhalm.

„Was ist es dann?", wollte Mara wissen.

Elie wunderte sich sehr. Hatte sie richtig gehört?

„Soll ich es dir wirklich erzählen?"

Mara nickte und rührte mit dem Strohhalm in ihrem Shake.

In diesem Moment kamen lachend ein paar Jungen herein. Sie alberten über etwas herum und setzten sich lärmend an den Nebentisch. Es waren Ingo, Bruno und Marvin.

„Ich meine, Männer, das müsst ihr mal schaffen", sagte Ingo laut, „zuerst fast nichts zu pauken für Chemie und dann die volle Punktzahl."

„Chef, du bist ein Genie!" Bruno klopfte Ingo etwas zu kräftig auf den Rücken.

Die Jungs warfen einen kurzen Blick auf Mara und Elie, beachteten sie aber nicht weiter.

Was redet er da?, dachte Elie. Sie hatte Ingo sowohl bei sich zu Hause Chemie pauken sehen als auch im *Max*. Er flunkerte seine Freunde an.

Während sie sich wieder ihrem Milchshake widmete, hörte sie noch ein wenig zu, was die drei so redeten. Sie stellte fest, dass Ingo mit seinen Freunden völlig anders war als alleine. Er machte auf cool und spuckte große Töne.

Auf einmal begann Marvin, über Elies Blog zu reden. Ihr wurde heiß und gleich darauf kalt.

„Meine Schwester hat es mir gezeigt. Da gibt es ein Mädchen, das will Interviews mit dieser Ninja-Tussi führen."

„Sie ist keine Tussi", fuhr Ingo dazwischen. Elies Herz machte einen kleinen Freudensprung.

„Ach so? Was ist sie dann?"

„Die hat uns den Arsch gerettet auf der Party", sagte Bruno. „Und wir haben null Ahnung, wieso."

„Auf jeden Fall behauptet dieses Mädchen da, sie zu kennen. Die Tussi … ", Marvin verbesserte sich sofort, „diese Ninja-Braut soll Liz Kiss heißen. Und jetzt wollen alle sie sehen."

Ingo war auf einmal auffällig still.

Bruno hingegen war sehr interessiert. „He, vielleicht zeigt die Braut dann, wer sie ist. Ich fand die echt heiß."

„Du weißt doch gar nicht, wie sie unter der Kapuze aussieht. Sie kann schiefe braune Zähne haben und schielen", fuhr ihn Ingo an.

„Nein, so eine sieht sicher heiß aus. Ich meine, wenn sie da auftaucht und uns aus dem Mist hilft, dann muss die was draufhaben."

Ingo zuckte mit den Schultern.

„Ich muss diesen Blog finden. Dann maile ich euch den Link", versprach Marvin.

Danach redeten die drei nur noch über Fußball und Boxen. Sie sprachen laut und kamen nicht auf die Idee, dass sie andere vielleicht stören könnten.

Einige Male hatte Elie versucht, Ingos Blick aufzufangen, aber er schien es zu vermeiden, in ihre Richtung zu schauen. Mara hatte ihr Milchshake ausgetrunken und sah auf die Uhr.

„Ich muss dann los. Wollte mir da nicht jemand noch was erzählen?"

Ja! Elie wollte es mehr denn je, aber sicher nicht in der Nähe der Jungen. Deshalb zahlten sie, und Elie begleitete Mara zur U-Bahn.

„Hast du auch gehört von diesem Ninja, der auf Wänden gehen kann?", begann sie.

„Ach, das ist doch nicht wirklich wahr. In der Zeitung stand, es wäre nur ein Gag von Anna Marias Vater gewesen."

„War es nicht." Elie musste kurz warten, bis sie weiterreden konnte. Sie hielt Mara am Ärmel fest. „Ich bin das."

Elie hatte Mara schon lange nicht mehr so grinsen sehen. „Da ist jemand echt witzig."

„Kein Witz, ich bin das wirklich!"

„Hör auf."

„Mara, ich wollte es dir schon lange sagen. Keiner weiß bis jetzt davon. Ich erzähle es sonst niemandem."

„Das gibt es nicht."

„Und wenn ich es dir vorführe? Glaubst du es dann? Ich kann eine Hauswand hochlaufen."

„Ich glaube, da spinnt jemand."

Das war genug. Die eigene Freundin musste es doch glauben! Elie zog die widerstrebende Mara in eine Seitengasse und sah sich nach einer Möglichkeit um, versteckt und ungesehen Liz Kiss zu werden. Sie wählte eine tiefe Hauseinfahrt und bat Mara zu warten.

Doch bevor sie den Anzug aus dem Säckchen ziehen konnte, kam ein Auto aus dem Hof gefahren. So musste Elie einen anderen Platz suchen. Mara blickte ständig auf die Uhr und schien nicht begeistert, noch länger warten zu müssen.

Auch der Abstellplatz für Mülltonnen erwies sich als Pleite, da dort ein Obdachloser schlief. Immer weiter hastete Elie die Gasse hinunter, und endlich fand sie eine Hütte neben einer verlassenen Baustelle, die leer stand. Sie ging hinein und faltete den Anzug auf. Mittlerweile brauchte sie nur Sekunden, um sich in Liz Kiss zu verwandeln.

Doch als sie wieder heraus auf die Straße trat, war Mara nicht mehr zu sehen. Liz lief ein Stück rauf und runter, aber ihre Freundin war fort. Sie rief nach ihr, bekam aber keine Antwort.

Weil in der Nähe Hunde bellten, lief Liz zurück in die Hütte und verwandelte sich zurück in Elie. Sie fühlte sich schwer und niedergeschlagen. Nach ihrer Versöhnung hätte sie sich von Mara wirklich mehr erhofft, als einfach ohne etwas zu sagen wegzugehen.

Wieder stieg Wut in Elie auf. Ihr reichte es wirklich. Mara war einfach keine Freundin, und sie würde ihr das jetzt auch sagen.

Elie hatte eine großartige Idee. Sie würde es Mara als Liz Kiss sagen. Mara hatte ihr nicht geglaubt, und wenn sie erfuhr, dass es die Wahrheit war, dann würde sie sich erst recht ärgern.

Der Plan gefiel Elie ausgezeichnet.

Sie beschloss, ihn am nächsten Tag umzusetzen.

Und vielleicht war das auch die beste Gelegenheit, allen zu beweisen, dass es Liz Kiss gab. Sollte sie im Blog verraten, wo sie auftauchen würde?

Wieso nicht?

Das nannte man doch zwei Fliegen auf einen Streich.

Am nächsten Tag begann es zu schütten.

Es war ein Regen, wie ihn die Stadt schon lange nicht mehr erlebt hatte. Die dicken Tropfen klatschten nur so auf die Straßen und Dächer, und bald wurden Überflutungen gemeldet, weil die Kanäle das viele Wasser nicht aufnehmen konnten.

Mara kam zwei Tage nicht zur Schule. Als der Regen endlich nachließ, war sie wieder da, aber sie sprach wenig mit Elie und ging ihr auf dem Pausenhof aus dem Weg. Elie kam das gelegen, da sie nicht viel mit ihr reden musste und sich auf ihren Plan freuen konnte. In zwei oder drei Tagen würde sie es machen, hatte sie beschlossen.

Später am Nachmittag konnte sie sich nur schwer auf den Ballettunterricht konzentrieren. Madame Alice brachte ihnen Pirouetten bei und war wie immer streng und mit nichts zufrieden. Elie fielen die Übungen sehr schwer, und weil sie ständig an ihren Auftritt als Liz Kiss denken musste, gab sie sich auch nicht die größte Mühe. Dafür handelte sie sich von Madame Alice jede Menge harscher Bemerkungen ein, die sie aber besser wegsteckte als sonst.

Sie liebte Ballett, aber sie liebte auch Liz Kiss. Es gab viele, die tanzten, aber nur eine, die konnte, was Liz konnte.

Am Ende der Stunde beorderte Madame Alice Elie und Pailim in ihr kleines Zimmer neben dem Tanzsaal. Sie thronte hinter einem großen Schreibtisch und ließ die beiden davor stehen.

„Ich will euch meine Entscheidung mitteilen", begann sie.

Beide Mädchen sahen sie an. Elie spürte ihr Herz schneller schlagen.

Madame Alice nahm einen Brief von ihrem Schreibtisch und warf einen kurzen Blick darauf.

„Pailim, bestelle deinem Vater bitte die besten Grüße, und richte ihm schon vorab meinen herzlichen Dank aus für seine großzügige Spende zugunsten unserer Abschlussaufführung. Aber ich werde ihm selbstverständlich auch noch schreiben." Sie legte den Brief in eine Mappe und wandte sich wieder den Mädchen zu. „Es wird in der diesjährigen Aufführung auch Ausschnitte aus dem Ballett Schwanensee geben. Das Solo darin wird Pailim tanzen. Elie, du wirst mit drei anderen einer der jungen Schwäne sein."

Sie nickte den beiden zu und entließ sie dann. Eigentlich war es Elie doch egal, dachte sie. Trotzdem aber hatte sie ein Gefühl, als würde sich die Welt auf einmal nicht mehr drehen.

Pailim ging schweigend neben ihr zur Umkleide.

Sie hielt den ganzen Weg den Kopf gesenkt und eilte, sobald sie durch die Tür waren, mit schnellen Schritten zu ihrem Spind.

Nell, die ihr Fach neben Elies hatte, musterte sie.

„Du bist ganz weiß im Gesicht. War das Training zu anstrengend?"

„Nein."

Nell machte „Ah!" und klopfte ihr mitfühlend auf die Schulter. „Madame Alice hat es dir gesagt. Aber es war doch klar, dass das Solo an Pailim geht. Ihr Vater ist reich und unterstützt die Ballettschule. Mach dir nichts draus."

„Was tanzt du beim Abschluss?", gab Elie heftiger zurück, als sie gewollt hatte.

„Auch ein Solo im Schwanensee." Nell nahm ihren Duschbeutel und verschwand in den Nebenraum.

Stimmte das wirklich, was sie sagte? Bekam Pailim das Solo nur, weil ihr Vater viel bezahlte? Vor der Ballettschule blieb Elie stehen und wartete. Da Pailim aber noch einmal zu Madame Alice gerufen worden war, verließ Elie die Schule vor ihr und stand unentschlossen auf dem Gehsteig herum.

Pailim kam nur eine Minute später heraus.

Elie sprach sie an und machte einen Schritt auf sie zu. Pailim aber wich aus, als hätte Elie nach ihr greifen wollen.

„Hör zu!" Wie schon auf Mara wurde Elie nun auch wütend auf Pailim. Sie hatten sich doch so gut verstanden und waren mehrere Male im *Max* gewesen. Das konnte sie doch nicht einfach vergessen haben. „Pailim!"

„Auf Wiedersehen!", sagte Pailim und lief los. Elie machte zwei Schritte hinterher, blieb dann aber stehen, den Arm noch immer nach dem Mädchen ausgestreckt. Sie wollte ihn gerade sinken lassen, da kreischten laut Bremsen auf.

Ein Auto schlingerte, und es gab einen dumpfen, scheußlichen Knall.

Autotüren wurden aufgerissen.

Andere Wagen hielten. Sie mussten stehen bleiben, da das Auto die Fahrbahn versperrte.

„Was hast du da gemacht? Du hast sie gestoßen!"

Es war Nell, die das zu Elie sagte. Sie war neben ihr aufgetaucht und hatte die Hand vor den Mund geschlagen. So starrte sie auf die Straße.

Dort lag Pailim in einer schrecklichen, verdrehten Haltung. Sie bewegte sich nicht.

„Ruf den Rettungswagen. Und die Polizei!"

Das war die Stimme der Frau, die aus dem Wagen gesprungen war. Sie redete mit dem Fahrer, der so fassungslos und schockiert war wie alle anderen.

Elie wollte etwas sagen, aber ihr Kopf war leer, ihr Hals abgeschnürt und ihr Mund trocken. Sie konnte nicht einmal schlucken und stürzte blindlings davon.

Als sie zu Hause ankam, nahm sie als Erstes ihr Handy heraus. Es gab keine neue Nachricht für sie und keinen Anruf.

Sie war doch nicht schuld! Sie hatte Pailim nicht gestoßen, wie Nell behauptete. Pailim war einfach losgerannt, wie sie das immer tat.

Aber vielleicht war sie diesmal doch schneller und kopfloser gelaufen, weil sie vor Elie Angst hatte?

Es ist doch meine Schuld, dachte Elie voller Angst, Verzweiflung und Sorge.

Ping-Ping!

Kokoskeks, was ist los mit dir?

Nein, jetzt wollte Elie nicht darüber reden. Lili hatte sich so wenig um sie gekümmert in letzter Zeit. Ihr würde Elie nichts erzählen. Sie hatte keine Lust auf springende Delfine und einen Wal, der Purzelbäume schlug. Lili verstand überhaupt nicht, was mit Elie los war.

Kokoskeks, du bist eine Prinzessin. Vergiss das niemals. ☆

Auch das wollte Elie nicht hören. Wieso konnte Lili nicht endlich damit aufhören?

Du bist nicht allein. Wir alle sind für dich da. Immer.

Das glaubte Elie nicht mehr. In letzter Zeit hatte sie ganz anderes erlebt. Sie mochte es auch nicht, von Humphrey immer als „Meisterstück" bezeichnet zu werden. Wäre sie nicht so begierig darauf gewesen, immer mehr zu lernen und zu können, hätte sie die Stunden mit ihm auch schon beendet.

Überhaupt war auf niemanden mehr Verlass. Sie war allein, und keiner mochte sie wirklich. Bestimmt redete Lili auch mit ihrer Freundin Berta darüber, was für ein Mauerblümchen Elie gewesen war und wie sie alle an ihr gearbeitet hatten, um Liz Kiss aus ihr zu machen.

Aber Liz Kiss war Elies Erfindung. Sie war in ihrem Kopf geboren, und sie gehörte nur ihr. Daher durfte Elie als Liz auch alles machen, was sie wollte.

Die Kriegerin ist immer ruhig und niemals aufgeregt, wenn sie den nächsten Schritt beschließt.
Denk daran, Kokoskeks.

Sie war ruhig. Sie wusste genau, was zu tun war, und sie würde es einfach machen. Sie hatte es lange genug geplant.

Elie hatte Mühe, die Finger ruhig zu halten, als sie ihren Computer einschaltete. Noch immer musste sie alle paar Sekunden einen ängstlichen Blick auf ihr Handy werfen. Sie lebte in der ständigen Angst, es könnte zu läuten beginnen und jemand wegen Pailim anrufen.

Wie es ihr nur ging?

Elie konnte nicht mehr sitzen. Sie sprang auf und lief wie ein Raubtier in ihrem Zimmer herum.

Die Haustür wurde aufgeschlossen, und sie hörte ihre Mutter laut und aufgeregt telefonieren. Elie schoss aus dem Zimmer und lief ihr entgegen. Frau Hart erkannte sofort, dass mit Elie etwas nicht stimmte.

„Ach, dann streng ausnahmsweise mal dein Hirn an und regle das!", schimpfte sie ins Telefon. Sie legte auf und runzelte fragend die Stirn.

„Es ist nicht meine Schuld, sicher nicht. Ich … ach … " Elie umarmte ihre Mutter und drückte sie ganz fest. Frau Hart, die nicht so fürs Kuscheln war, streichelte ihr über den Rücken.

„Was ist denn los? Doch nicht wegen der Streitereien zwischen deinem Vater und mir?"

Sie setzten sich in der Küche, und bei einer Tasse Tee aus frischen Minzblättern erzählte Elie alles von Pailim, Madame Alice' Entscheidung und dem Unfall. Ihre Mutter hörte sehr aufmerksam zu und tätschelte ihr immer wieder die Hand. Als Elie fertig war, bewies Frau Hart ihr Talent als Krisenmanagerin auch zu Hause. Angefangen bei der Ballettschule, tätigte sie mehrere Anrufe, und Elie blieb sitzen und sah ihr dabei staunend zu. Ihre Mutter redete ruhig und sachlich, stellte Fragen und kam so von einer Person zur nächsten. Wer die Leute alle waren, wusste Elie nicht mehr, und sie fragte auch nicht, da ihre Mutter ihr immer nur bedeutete, abzuwarten.

Schließlich, es war mehr als eine Stunde vergangen, schaltete Frau Hart ihr Handy ab und drehte sich zu Elie.

„Sie liegt im Krankenhaus. Ihr Bein ist gebrochen, aber nicht sehr schlimm. Allerdings hat sie einen großen Schock und außerdem eine schwere Gehirnerschütterung. Sie darf nicht reden, und es darf auch niemand zu ihr. Die nächste Woche hat der Arzt sehr strenge Ruhe verordnet."

„Aber es ist nicht meine Schuld?", sagte Elie halb fragend, halb bittend.

„Dieses Mädchen namens Nell behauptet, du hättest sie gestoßen. Der Autofahrer sagt, sie wäre einfach blindlings auf die Fahrbahn gelaufen. Die Polizei hat alles aufgenommen. Aber ich finde, du machst dir hier viel zu viele Vorwürfe. Was der Fahrer sagt, gilt für mich. Ich weiß doch, du würdest so etwas niemals machen."

„Nein, nie. Niemals", versicherte Elie. Sie war auf einmal zum Umfallen müde.

23

Schnuck hatte auf Elies Blog-Seite noch mehrmals jede Menge Spott verschüttet und sie herausgefordert, doch einen Beweis für die Existenz von Liz Kiss zu liefern.

Die anderen Besucher waren nicht mehr so eifrig mit dem Kommentieren gewesen, da Elie nichts Neues geschrieben hatte. Um Ninja-Girl-Friend noch mehr herauszufordern, schrieb Schnuck noch unter drei weiteren Namen und ätzte, was das Zeug hielt.

Er war wieder im *Blauen Löwen* und an Theos Computer. Immer wieder ging er auf die Blog-Seite in der Hoffnung, es möge endlich etwas geschehen, was ihm nützen konnte. Mittlerweile hatte er sich auch umgehört, wo er doch einen dressierten Affen bekommen konnte. Das war nicht ganz so schwierig, wie er vermutet hatte, denn ein kleiner Wanderzirkus, der in der Stadt gastierte, war bereit, einen zu verleihen. Codes eintippen konnte das Tier allerdings nicht, und damit schied es dann auch wieder aus.

Ein Tiertrainer hatte Schnuck sogar ein dressiertes Eichhörnchen angeboten, aber was sollte er mit dem? Inzwischen hatte Leon ihn zweimal zu sich bestellt und

Schnuck mit Details des Planes vertraut gemacht. Sein Boss hatte ihn so sehr in der Hand, dass er sich völlig sicher fühlte und keine Sorge hatte, Schnuck könnte das Ding vielleicht allein durchziehen.

Es ging um den Tresorraum einer Firma, die Safes in verschiedenen Größen vermietete. Die Klimaanlage in diesem neu eingerichteten Keller war ständig kaputt, und daher waren häufig Wartungen nötig.

Einer der Monteure arbeitete für Leon und hatte eine wichtige Information: Es war in der nächsten Woche möglich, durch die Schächte der Klimaanlage zu klettern und direkt zu dem Tresorraum zu gelangen. Zum Öffnen war ein Code notwendig, den Leon – auf welche Weise auch immer – in Erfahrung hatte bringen können.

Die Schächte waren für einen erwachsenen Menschen zu eng. Ein Affe aber würde durchklettern können. Ein Mädchen auch.

Der Code, den Leon in Händen hielt, öffnete nicht nur den Zugang zu dem Raum, sondern ließ alle Safes aufspringen. Die Anlage funktionierte also noch nicht ganz so, wie sie sollte, aber das war den Kunden natürlich nicht mitgeteilt worden.

Leon hatte Schnuck bereits zweimal an diesem Tag angerufen und ihm gedroht. Schnuck wusste, wie ernst es Leon meinte. Wenn er den Auftrag nicht ausführte, dann flog er auf und saß im Knast.

Darauf konnte er verzichten. Er klopfte auf den Monitor des altmodischen Computers.

Als hätte es jemand gehört, erschien endlich ein neuer Eintrag von Ninja-Girl-Friend. Sie verkündete ein Auftauchen von Liz Kiss am nächsten Abend um 21:30 Uhr.

Schnuck notierte die angegebene Adresse und brach sofort auf, um sich dort alles anzusehen.

„He, und wann ist endlich Zahltag?", schrie ihm Theo hinterher.

„Bald, Mann, bald!"

Es galt jetzt, alles genauestens zu prüfen. Es musste Schnuck gelingen, diese Liz Kiss irgendwie einzufangen.

Genauso gut kannst du versuchen, einen Floh zu kriegen, dachte er. Aber er hatte nur eine Chance, und er würde sie nutzen.

Und wie!

Nachdem Elie den neuen Blogeintrag freigeschaltet hatte, lehnte sie sich zurück in ihrem Drehstuhl. Sie fühlte sich völlig erschöpft. Ob sie hier das Richtige tat?

Ihr Herz klopfte heftig, und ihr war heiß und kalt. Auch am nächsten Tag hatte sie wieder Ballett, aber Elie würde nicht hingehen. Sie würde bestimmt von allen angestarrt werden. Nell tuschelte sicherlich heimlich hinter ihrem Rücken, und mittlerweile wussten alle, dass Elie an Pailims Unfall Schuld haben könne.

Aber sie hatte keine! Elie war davon überzeugt.

Vielleicht würde sie das Ballett überhaupt aufgeben oder in eine andere Ballettschule gehen. Madame Alice galt als die beste Lehrerin der Stadt, aber vielleicht machte es mit einer weniger strengen Lehrerin mehr Spaß.

Und Mara machte alles noch viel schlimmer. Sie hatte Elies Behauptung, Liz Kiss zu sein, für einen schlechten Scherz gehalten.

„Da wollte wohl jemand ganz witzig sein und dann rufen: April, April!", hatte sie Elie am nächsten Schultag gesagt.

Elie hatte nur noch geschwiegen.

„Ich musste Tim zum Taekwondo bringen", erklärte Mara, warum sie plötzlich gegangen war. „Das mache ich immer. Und es war schon spät."

Ja, ja, rede nur, dachte Elie und nickte, als hätte sie alles verstanden und als wäre Maras Verdacht, es sei alles nur ein Scherz, richtig.

Ihre Augen würden ihr aus dem Kopf ploppen, wenn Liz Kiss vor ihr stand. *Wart's nur ab, Froggy*, dachte Elie. Dann erschrak sie. Nie zuvor hatte sie Mara so genannt. Nicht einmal in Gedanken.

Weil die Eltern am Abend im Kino waren und Dana bei einer Freundin blieb, beschloss Elie, noch einen kleinen Ausflug zu machen. Dario würde sie bestimmt nicht vermissen.

Sie radelte durch die nächtlichen Straßen zu Ingos Haus. In seinem Zimmer brannte Licht. Außerdem kam Musik durch das offene Fenster.

Liz Kiss wartete kurz, fühlte sich aber sicher genug, die Hauswand an der Straße hinaufzulaufen. Sie schlüpfte in den Ninja-Anzug. Um so schnell wie möglich oben zu sein, nützte sie den Schwung, den sie beim Überqueren der Fahrbahn bekam, sprang, und schon war sie in der horizontalen Lage, die ihr auch jetzt immer noch ungewohnt, unmöglich und unheimlich erschien.

Sie setzte Fuß vor Fuß, stieg höher und höher, warf unterwegs ein paar schnelle Blicke nach links und rechts, fühlte sich immer noch sicher und konnte schließlich in Ingos Zimmer spähen.

Er lag auf seinem Bett und hörte Musik. Träumend sah er zur Decke. Liz entschied sich, ihn zu überraschen. Sie stieg von ihm unbemerkt durch das Fenster und setzte ihren Gang auf der Zimmerwand fort, bis sie die Decke erreichte und auf allen vieren zu der Stelle kroch, zu der Ingo hinaufstarrte.

Er sprang fast einen Meter in die Höhe, als sie in seinem Blickfeld auftauchte. Sofort war er aus dem Bett und an der Tür. Er schloss von innen ab.

Liz genoss seine Verwunderung und Unsicherheit. Sie tat etwas, was sie bisher nur bei Humphrey gesehen hatte, aber wenn es bei ihm klappte, musste es doch auch für sie möglich sein. Ein kurzer Stoß mit den Handflächen, und Liz Kiss richtete sich auf. Sie hing nun, nur an den Schuhsohlen klebend, von der Decke, und ihr Kopf war auf Augenhöhe mit Ingos.

„n'Abend!"

Ingo konnte noch nichts sagen, er war zu überwältigt.

Liz Kiss war im Gegensatz zu Elie in Hochform. Weil sie Ingo beeindrucken wollte, sprang sie und zog blitzartig Arme und Beine zur Brust. Sie drehte sich und landete auf den Füßen. Elegant federnd, richtete sie sich auf.

„Hallo!" Ingo war kein Chef mehr. Das genoss Liz. Er wirkte viel freundlicher und echter als in der Schule. „Wieso … Was willst du? Ich meine … hallo. Ich wollte sagen… "

Er wusste nicht, was er sagen sollte.

„Ich habe keine braunen Zähne, und ich schiele nicht!", eröffnete Liz Kiss das Gespräch. Sie drehte eine Runde durch das Zimmer und lehnte sich dann mit verschränkten Armen gegen den Schrank.

Ingo stand ihr gegenüber und tastete hinter sich. Er setzte sich auf die Kante des Schreibtisches und wäre fast abgerutscht.

„Wieso braune Zähne?"

„Das hast du doch zu deinen Freunden gesagt. Ich könnte braune Zähne haben."

Liz genoss es, Ingo so verwirrt und anders zu erleben als sonst. Das war der Ingo, den sie insgeheim sehr gerne hatte. Für sie war es der echte Ingo, aber vielleicht redete sie sich das auch nur ein.

„Wer … Wer bist du?" Ingo machte eine unbeholfene Geste. „Bitte verrate es mir. Ich … Ich finde dich cool."

„Danke." Liz war über das Kompliment ein wenig verlegen und neigte den Kopf. Nach einer kleinen Pause gestand sie schüchterner und leiser, als es sonst ihre Art war: „Ich finde dich auch … ganz nett."

„Wieso? Ich meine, wieso kommst du zu mir? Wieso hast du mich damals auf der Party gerettet?"

„Eben darum."

„Woher kennst du mich?"

Darüber schwieg Liz Kiss wieder.

„Ich komme gerne", sagte sie dann.

„Gerne zu mir?" Ingo konnte es kaum glauben.

„Es gibt nicht viele, zu denen ich gehe. Du hast es besser. Du hast Bruno und Marvin und sicher noch andere Jungen aus der Schule."

Ingo zuckte mit der Schulter. „Marvin und Bruno sind Kumpel. Nur gut für Quatsch und Computerspiele und so. Aber … Aber so reden … Also … Ich meine … " Er hob hilflos die Arme, weil ihm nicht einfiel, wie er es sagen sollte. „Ich meine, so reden und sagen, was abgeht, das kann ich nicht mit ihnen. Also ihnen zeigen, dass ich so Storys schreibe, das würde ich nie."

„Du schreibst? Was schreibst du?"

„Ach, nur Quatsch." Ingo bückte sich und holte ein schwarzes Notizbuch unter seinem Bett hervor. Er reichte es Liz aber nicht, sondern wedelte zuerst damit herum und schlug es dann auf. „Ich schreibe so kurzes Zeug. Wie Fotos. Aber eben geschrieben."

Liz Kiss war sehr überrascht. Sie hätte Ingo einiges zugetraut, das aber nicht.

Er blätterte in dem Notizbuch. „Willst du was hören? Du kommst drin vor."

„Ja. Schieß los."

Ingo musste schlucken und sich räuspern, bevor er anfangen konnte. „Sie erscheint wie ein blauer Kugelblitz. Sie ist Energie, die knistert. Sie ist wie ein Stück Nacht, das plötzlich aus der Dunkelheit herausfällt. Eine Weile tanzt es vor mir herum, bis es wieder in der Nacht aufgeht und verschwunden ist. Vielleicht aber ist sie ein Stern."

Als er wieder aufblickte, hatte er ein knallrotes Gesicht. Verlegen schlug er das Buch zu und legte es auf ein Regalbrett. Seine Hände zitterten, bemerkte Liz.

„Also, solchen Quatsch schreibe ich eben."

Liz Kiss klangen Ingos Worte noch immer in den Ohren. „Und das ist über mich?"

Noch verlegener konnte Ingo nicht mehr sein. Er fuchtelte herum, schüttelte den Kopf, nickte dann und sagte: „Das … ja … Wie du damals auf der Party warst. Aber eigentlich, wie du hier aufgetaucht bist. Aber vergiss es wieder. Es ist nur Quatsch. Sonst nichts. Egal."

„Ist es nicht. Mir gefällt es. Ehrlich."

Zweifelnd sah Ingo sie an.

„Du hast es viel besser", platzte er dann heraus.

„Wieso?"

„Du hast doch da eine Freundin, die im Blog über dich schreibt."

„Die habe ich. Starkes Mädchen. Echt gute Freundin."

„Mit der kannst du reden. Ich meine, so richtig reden. Das ist cool."

Einen Moment spielte Liz Kiss mit dem Gedanken, ihm zu verraten, wer die Freundin war. Vielleicht würde er dann in der Schule Elie doch mehr beachten und erkennen, dass sie …

Nein, das war eine dumme Idee, und Liz wischte sie sofort wieder fort. Sie bemerkte, dass Ingo etwas gefragt hatte, aber sie hatte es nicht verstanden.

„Ja, was?"

„Was machst du sonst so? Ich meine … bist du so eine Art Superheldin?"

Darüber musste Liz Kiss lachen.

„Nein, das bin ich nicht. Ich mache sonst ganz gewöhnliche Dinge."

Sie konnte spüren, wie gut ihr das Gespräch tat. Es war so angenehm, mit Ingo zu reden, wenn auch etwas aufregend und verbunden mit einem Kribbeln.

„Ich … Ich finde es cool, dass du hierherkommst."

„Es ist manchmal nicht einfach, so zu sein."

„Wie meinst du das?"

„Weil ich das Geheimnis ganz für mich alleine habe. Weil niemand wissen darf, wer ich bin. Weil ich keine Freunde habe sonst."

„Aber deine Freundin, diese Bloggerin … ?"

Liz hatte sie völlig vergessen, weil sie es doch selbst war. Oder besser gesagt Elie.

„Die schon. Aber keinen Jungen."

Ingo wurde knallrot.

Liz hätte sich die Kapuze am liebsten über die Augen gezogen. Was war ihr da wieder rausgerutscht? Sie hatte Ingo gerade gesagt, dass sie ihn mochte. Richtig mochte. Ihr war es unendlich peinlich. Mit einem Blitzsprung zur Seite war sie am Fenster. Der erste Einsatz ihrer neuen Kraft war gelungen.

„Warte!" Ingo wollte sie aufhalten.

Liz aber war schon am Fensterbrett, und ohne sich zu vergewissern, ob jemand in der Nähe war, lief sie die

Hauswand hinunter. Ingo stand am Fenster und sah ihr nach.

„He, warte!", rief er ihr leise hinterher.

Natürlich tat Liz das nicht. Sie hatte ihr Fahrrad um die Ecke abgestellt, was sich als großer Vorteil erwies. Es wäre nicht gut gewesen, vor Ingos Augen zu radeln. So eilte sie mit großen Schritten davon.

Obwohl sie sich im Stillen beschimpfte, so direkt und offen gewesen zu sein, war es doch richtig gut gewesen, mit Ingo diese paar Minuten zu verbringen.

Er war … ungewöhnlich.

Da war etwas an ihm, das Liz sehr mochte. Aber sie würde nie mit ihm ins *Max* gehen können oder auf eine Party. Das könnte nur Elie, und die mochte er nicht, und sie wurde außerdem nicht auf Partys eingeladen.

Ihr Herz klopfte noch immer, als Elie sich ins Bett legte.

Es war die größte Enttäuschung, die sich Liz Kiss denken konnte.

Zuerst war alles nach Plan gelaufen. Ihre Eltern waren gemeinsam bei einem Essen, das der Chef ihrer Mutter gab. Vor Mitternacht würden sie nicht zurück sein. Dana und Dario waren beide bei Freunden. Es war also eine Leichtigkeit, das Haus zu verlassen und in den Stadtteil zu radeln, wo Mara wohnte. Elie hatte das Fahrrad zwei Straßen entfernt mit dem Kettenschloss an einem Laternenpfahl befestigt. Von dort war sie zu Maras Haus geschlichen. Schon um 20:30 Uhr war sie da und konnte unbeobachtet wieder hinauf auf den Dachboden, wo sie sich umzog. Danach hieß es warten. Sie hatte sich einen der Liebesromane mitgenommen, die sie so mochte. Aber die Zeilen verschwammen vor ihren Augen. Sie musste ständig an die Leute denken, die bald unten stehen und staunen würden. Ihr Herz klopfte immer schneller und stärker.

Pünktlich um 21:30 Uhr, wie in ihrem Blog angegeben, erschien sie auf dem Dach des Hauses, in dem Mara wohnte. Der Wind bauschte ihre lockeren Hosenbeine.

Sie blickte hinunter in die Straße. Doch dort hockte nur ein fetter Kater auf einem Autodach und putzte sich.

Es interessierte absolut niemanden, was sie hier tat.

Keiner der Spötter war erschienen. Ihnen gefiel es, ihre bissigen und ätzenden Kommentare zu hinterlassen, aber einen Beweis für die Existenz von Liz Kiss wollte keiner sehen.

Sie fühlte es unter ihrer Kapuze feucht werden. Tränen der Enttäuschung krochen ihre Wange hinunter. Sie war also unwichtig, und nur sie selbst hatte sich wichtig genommen. Viel zu wichtig. Es war idiotisch gewesen, auf die Eintragungen überhaupt zu reagieren.

Sie kam sich einsam und dumm vor. Aber jetzt, wo sie schon einmal hier war, wollte sie wenigstens Mara überraschen und ihr beweisen, wer Liz Kiss war. Diese Genugtuung musste sie sich gönnen.

So ging sie das Dach hinunter bis an die Kante und wagte dann mit Herzklopfen den großen Schritt, der sie zuerst nach vorne ins Leere kippen ließ. Ein Gefühl der Beruhigung durchflutete sie, als sie die Hausmauer unter den Fußsohlen spürte. Sie wollte aber nicht aufrecht stehen bleiben und ging in die Hocke. Auf allen vieren kroch sie die Wand entlang.

Mara saß am Schreibtisch in ihrem Zimmer. Ihr Fenster war offen. Liz beförderte sich mit einem gewagten Salto hinein. Sie landete neben Mara, die erschrocken aufsprang, ihren Stuhl nach hinten umstieß und aufschrie.

„Sei still!", befahl ihr Liz energisch.

Das half aber gar nichts. Mara stand da und stieß viele kurze Schreie aus.

„Aus!"

Auch das zeigte wenig Wirkung. Mara warf sich herum und wollte zur Tür hasten. Liz fixierte den Türrahmen mit den Augen und sah sich bereits dort stehen und Mara den Weg verstellen. Sie musste nur noch einen leichten Schritt machen, schon durchschnitt sie die Luft wie ein Blitz.

Es gelang ihr, vor Mara an der Tür zu sein, aber Mara schrie nur noch lauter. Alles lief völlig anders, als Liz Kiss es sich ausgemalt hatte.

Unten auf der Straße war nicht nur der fette Kater. R-BEST war auch gekommen. Im Gegensatz zu Liz Kiss war er begeistert, niemanden anderen anzutreffen. Schnuck hatte hinter dem Wagen gekauert, auf dem der Kater seine Abendwäsche machte, und hatte Liz Kiss oben auf dem Dach gesehen. Er war beeindruckt, und das kam nicht oft vor. Wie machte dieses Mädchen das nur? Wie konnte sie die Dachschräge hinunterlaufen und dann einfach weiter über die Hauswand spazieren, als wäre es das Einfachste auf der Welt?

Egal.

Wozu sich den Kopf zerbrechen, wenn er ohnehin keine Antwort fand. Die Hauptsache war, dass er Liz in die Finger bekam. Er hatte beobachtet, wie sie aus der

Dachluke gestiegen war. Schnuck musste alles auf eine Karte setzen. Als Liz Kiss in das Zimmer einstieg, war er schon auf dem Weg hinauf zum Dach. Seine innere Gaunerstimme sagte ihm, Liz würde auf demselben Weg wieder verschwinden. Er brauchte sie dort oben nur abpassen und schnappen.

Auch eine Waffe hatte er dabei. Eigentlich war es nur ein Feuerzeug, aber es hatte die Form einer kleinen Pistole. Wenn er Liz den Lauf von hinten in den Rücken drückte, würde sie den Unterschied zu einer echten Pistole nicht bemerken.

In der Wohnung der Blums japste Mara noch immer nach Luft.

„Hör auf. Ich … ich bin es doch!" Liz Kiss fasste sich an die Kapuze und zog sie ab.

Jetzt blieb Mara tatsächlich die Spucke weg. Sie beugte sich vor, und ihre runden Augen wurden noch größer und schienen fast ihre Brillengläser herauszudrücken.

„Elie?"

„Ich habe dir doch gesagt, ich bin Liz Kiss!"

Es war so eine große Erleichterung, das einmal auszusprechen. Außerdem genoss Liz Kiss den Moment. Es hatte sie verletzt, von Mara nicht ernst genommen zu werden.

Die Zimmertür wurde aufgestoßen, und Liz bekam sie mit voller Wucht in den Rücken. Sie stolperte nach vorne und fiel. Als sie sich schnell wieder umdrehte und aufstand, sah sie sich Herrn Blum gegenüber, der fragend das Gesicht verzog.

„Elie? Was tust du da? Was ist das für ein Kostüm?"

Nein, Maras Vater war nicht eingeplant gewesen.

„Was ist denn, Mara?", fragte er seine Tochter. „Wieso schreist du?"

Nun erschien auch Frau Blum. Sie hatte ein langes violettes Gewand an und trug eine welke Zimmerpflanze in den Händen.

„Ist es wieder dieser Computer? Mara, du musst diese negative Energie vermeiden." Sie musterte Liz Kiss, die ohne Kapuze eigentlich wieder Elie war. „Elisabeth? Was tust du denn hier?"

Noch mehr schiefgehen und falsch laufen konnte nichts mehr.

Elie verfluchte sich für die dumme Idee, Mara einen Denkzettel zu verpassen und sie zu überraschen.

„Wissen deine Eltern, dass du hier bist?", fragte Herr Blum.

Mara blickte zwischen Elie und ihrem Vater hin und her.

Auf einmal war Elie wieder nur Elie, und alle Spuren von Liz Kiss waren verschwunden. Sie öffnete und schloss den Mund, ohne ein Wort herauszubekommen. Ihr fiel nur eines ein: Weg!

Schnell streifte sie die Kapuze wieder über und sprang auf das Fensterbrett.

„Kind! Nein!", rief Frau Blum hinter ihr.

Liz machte den waghalsigen Schritt ins Leere und hörte hinter sich alle Blums aufschreien. Als sie in die Nachtluft kippte, kreischten Frau Blum und Mara um die Wette.

„Den Notarzt, ich rufe den Notarzt!", rief Herr Blum.

„Sie ist tot. Das Mädchen ist tot!", jammerte seine Frau.

Wenn sie nur einen Blick aus dem Fenster geworfen hätten, wäre ihnen klar geworden, dass Liz höchst lebendig war. Unten auf dem Gehsteig stolzierte nur der fette Kater herum.

Zurück auf dem Dachboden musste Liz Kiss zuerst einmal versuchen, wieder ruhig zu atmen. Im Augenblick keuchte sie wie eine Dampflokomotive unter der Kapuze.

Die Blums wussten alles. Sie hatten Elie in ihrem Liz-Kiss-Anzug gesehen. Sie würden den Notarzt holen und die Polizei, und das würde das Ende von Liz Kiss bedeuten. Sie war entlarvt, und das bedeutete ...

Ja, was bedeutete es? Liz wusste es selbst nicht.

Lili musste helfen. Sie wusste vielleicht Rat. Eilig tippte Liz Kiss eine SMS.

> Ich habe Mist gebaut. Meine Freundin und ihre Eltern wissen, wer Liz Kiss ist. Sie rufen den Notarzt und die Polizei.

Die Antwort kam nach nur einer Minute.

Aloha! Wo sind diese Leute?

Liz schrieb die Adresse.

 Mach dir keine Sorgen. Wir kommen. Warte auf uns. 😊

Ich bin auf dem Dachboden.

Dort kauerte Liz Kiss wie ein Häuflein Elend. Noch war es draußen still, aber die Einsatzfahrzeuge würden gleich kommen.

Soll ich verschwinden?

 Nein, warte auf uns. Das ist besser so. Alles ist gut. Alles ist immer gut. Auch wenn es noch nicht gut ist. Aber es wird am Ende gut, und wenn es noch nicht gut ist, dann ist es einfach noch nicht zu Ende. ☀

Ob das stimmte?

„Du bewegst dich jetzt nicht und tust, was ich dir sage!"

Schnucks schneidende Stimme jagte Liz einen eisigen Schauer durch den ganzen Körper. Sie spürte den Lauf einer Pistole in ihrem Rücken.

„Schön, dass du dich endlich gezeigt hast, Liz Kiss! Und jetzt kommst du fein mit!" Das Handy riss er ihr aus der Hand und schleuderte es mit aller Kraft auf den Boden. Es zersprang in mehrere Teile, auf denen er auch noch herumtrampelte.

Liz war wie versteinert.

Es hätte nicht einfacher laufen können.

Schnuck konnte sein Glück kaum fassen. Er hatte auf dem Dachboden gelauert, und als Liz Kiss durch die Luke gesprungen kam, hätte auch er fast einen Freudensprung gemacht. Er wartete ein wenig ab, weil er wissen wollte, was sie tat. Es hatte ihn überrascht, sie mit einem Handy hantieren und offensichtlich SMS schicken zu sehen.

Schließlich wollte er nicht länger warten, und so war er hinter sie getreten und hatte ihr den Lauf des Feuerzeugs in den Rücken gebohrt. Das Zertrümmern des Handys sollte ihr zeigen, dass sie jetzt in seiner Gewalt war.

Mittlerweile waren sie auf dem Weg nach unten. Aus den Wohnungen, an denen sie vorbeikamen, drangen Geräusche laufender Fernseher oder Musik.

Auf der Straße angekommen, hoffte Liz, ein Rettungswagen oder die Polizei würde mit Sirenengeheul um die Ecke rasen und diesen Gauner in die Flucht schlagen. Aber ihr Wunsch ging nicht in Erfüllung. Und das lag am leeren Handyakku von Herrn Blum. Mara konnte ihr

Handy nicht finden, Frau Blum besaß selbstverständlich keines, und Maras Brüder waren nicht zu Hause.

Ungestört brachte Schnuck Liz Kiss zu einem kleinen Lieferwagen, den er, ohne es zu wissen, nicht weit von ihrem Fahrrad entfernt geparkt hatte. Er schubste sie hinten in den Laderaum und riegelte von außen ab.

Als die Fahrt begann, hockte sich Liz in eine Ecke. Sie zitterte am ganzen Körper und schwitzte.

Was kam als Nächstes?

Sie wusste, wer der Mann war. Sie hatte ihn schon allein an seinem scheußlichen Geruch erkannt. Es war derselbe wie vor Kurzem in Ingos Wohnung.

Wieso hatte er ihr aufgelauert?

Er musste einer der Leute sein, die den Blog verfolgten.

Wieso hatte sie damit überhaupt angefangen? Warum wollte sie unbedingt loswerden, dass sie Liz Kiss war?

Sie kam sich so jämmerlich vor. Gar nicht mehr wie die Heldin, die sie sich ausgedacht hatte. Sie war nur Elie in einem Karate-Anzug.

Schnuck achtete sehr darauf, alle Geschwindigkeitsbeschränkungen einzuhalten. Er konnte es wirklich nicht gebrauchen, von der Polizei aufgehalten zu werden. Obwohl er für seine Verhältnisse schlich, erreichte er das Ziel schneller als erwartet.

Es war eine Baustelle.

„Raus!", kommandierte Schnuck. Er stand seitlich neben der Ladeklappe und hielt die Feuerzeugpistole in den Laderaum gerichtet. Liz Kiss musste einfach tun, was er verlangte. Sie kam langsam heraus und sprang auf den weichen, lehmigen Boden.

„Du gehst vor!" Er drückte ihr wieder den Lauf in den Rücken. So stapften sie über herumliegende Eisengitter, Zementsäcke, um einen Sandberg herum und an gestapelten Ziegeln vorbei.

Der Zaun des Grundstückes, auf dem ein neues Hochhaus errichtet wurde, war eingerissen. Schnuck dirigierte Liz darüber hinweg auf das Nachbargrundstück. Dort steuerte er einen kleinen Hof an, der von Betonmauern eingefasst wurde. Es war mehr ein sehr breiter, nach oben offener Schacht, der nur zum Schutz eines eckigen Metallrohres gebaut war, das aus einer Mauer kam.

„Du wirst jetzt machen, was ich dir auftrage, klar?"

Schnuck ließ den Abzug knacken.

Liz Kiss nickte.

Er erläuterte den Plan, den Leon ihm übergeben hatte. Liz sollte durch die Lüftungsrohre bis zum Tresorraum klettern und dort einen langen Code eintippen. Die Tastatur befand sich in einem Kästchen an der Wand, zu dem Schnuck den Schlüssel hatte. Er überreichte ihn Liz.

„Du räumst alle Safes aus und stopfst das Zeug hier rein." Schnuck drückte ihr Säcke aus einem widerstandsfähigen Kunststoff in die Hände. „Dann bringst du alles zurück." Liz starrte ihn durch den Schlitz ihrer Maske

159

an. In ihren Augen stand Angst, und das kam Schnuck sehr gelegen. „Es gibt nur diesen einen Weg wieder raus. Also komm nicht auf irgendwelche Ideen, sie werden dir nichts nützen. Wenn du mir alles gebracht hast, dann lasse ich dich wieder frei. Klar?"

Liz glaubte ihm kein Wort.

Er bugsierte sie zu dem offenen Rohr.

„Hierein! Und nimm das." Er reichte ihr eine Stirnlampe an einem breiten elastischen Band.

Liz hatte keine andere Wahl. Sie begann, sich in das Rohr zu zwängen. Es war gerade breit genug, damit sie durchrobben konnte. Sie konnte aber nicht auf allen vieren laufen oder sich gar aufrichten. Als sie die Füße nachzog, ertönte hinter ihr auf einmal der Befehl: „Deine Maske. Los, die musst du hierlassen."

Da der Mann eine Pistole hatte, konnte Liz nichts anderes tun, als den Befehl zu befolgen. Sie zog die Kapuze ab und steckte sie nach hinten. Das war gar nicht so einfach in dem engen Rohr.

„Los jetzt!" So begann sie, sich mit den Unterarmen voranzuziehen und mit den Füßen zu schieben. Sie kratzte und schabte über das Metall und den Sand, der an einigen Stellen lag. Staub legte sich auf ihr Gesicht, brannte in den Augen und verklebte Mund und Nasenlöcher.

Wie widerlich und ekelig.

Und wie dumm sie doch war.

Versagerin!

Verliererin!

Angeberin!

Blödmann! Nein! Korrekt hieß es Blödfrau!

Niete!

Blöde Kuh!

Ninja-Tussi!

Fliegendreck!

Gangsterbraut!

Zasterzicke!

Die Liste der Schimpfworte, die sie für sich selbst hatte, ging ihr nicht aus. Sie ließ sich von einem Gauner in ein Verbrechen jagen. Als Erstes fiel ihr ein, dass es bestimmt Überwachungskameras gab. Sie würden sie ohne Maske aufnehmen, und es wäre für die Polizei ein Kinderspiel, herauszufinden, wer sie war.

Liz Kiss, eigentlich Elisabeth Hart, die Superheldin sein wollte und in Wirklichkeit gerade eine kleine Ganovin abgab. Ob sie vor Gericht musste? Vielleicht wurde sie verurteilt und landete im Gefängnis.

Der Lichtkegel der Stirnlampe leuchtete in einen Raum, der gerade groß genug war, damit Liz Kiss sich halb aufrichten konnte. Sie kauerte in dem Würfel, von dem zwei weitere Rohre wegführten: eines geradeaus, eines nach oben. Sie wusste, welches sie nehmen musste.

Zuerst aber musste sie Pause machen.

Der Gauner klopfte am Einstieg mit der Pistole gegen das Blech. Der Schall klang im Rohr noch lauter und bedrohlicher.

Liz stützte das Gesicht in die Hände.

Was jetzt? Was sollte sie machen? Hier konnte sie nicht über Wände laufen. Es nützten auch keine Blitzsprünge. Sie wischte sich über die Augen und versuchte, sie ein wenig vom Staub zu befreien. Mit den Tränen, die ihr aus Wut gekommen waren, hatte der Schmutz schon kleine Krusten gebildet.

Und wenn sie hier einfach hocken blieb? Was würde dann geschehen? Nachkommen konnte ihr der Gauner nicht.

Aber er konnte den Ausgang versperren. Es hatte dort ein Gitter gelehnt, erinnerte sie sich. Sie würde dann in der Falle sitzen, konnte aber natürlich bis ans Ende des Rohres kriechen und am Morgen die Leute, die hier arbeiteten, um Hilfe bitten.

Das wäre aber das Ende von Liz Kiss.

Wieder klopfte Schnuck ungeduldig an das Rohr.

Liz hatte keine andere Wahl. Sie musste in diesen Raum und die Schließfächer ausleeren.

Schnucks Handy vibrierte in seiner Jackentasche. Er holte es heraus und grunzte unwillig. Es war Leon.

„Hast du das Zeug schon?"

„Nein, aber gleich."

„Was tust du, wenn du es hast?"

„Dir bringen, was sonst."

„Wage es ja nicht, dich damit aus dem Staub zu machen."

„Nein. Würde ich nie."

„Du weißt, ich habe die Bilder aus der Überwachngskamera, die dich bei den Bullen…"

„… hochgehen lassen, und daher mache ich besser, was du verlangst."

Einen Moment war Leon sprachlos, da er genau das hatte sagen wollen. Ihm war gar nicht aufgefallen, dass er Schnuck schon seit Wochen immer das Gleiche um die Ohren schlug.

„Ich sehe dich dann später."

„Ja."

Nachdem er aufgelegt hatte, klopfte Schnuck erneut an das Rohr. Diese dumme Kuh sollte sich beeilen. Er wollte hier nicht die halbe Nacht verbringen. Ungeduldig trat er von einem Bein auf das andere.

Im Rohr knirschte es.

War sie schon zurück? So schnell? Das erstaunte Schnuck aber sehr.

„He, bist du das?", rief er in die dunkle Öffnung.

Er bekam keine Antwort.

„He, sag etwas!"

Immer noch nichts.

Schnuck nahm sein Handy und schaltete den Blitz ein. Das Licht war wie eine kleine Taschenlampe, mit der er in das Rohr leuchten konnte.

Was dann geschah, kam so unerwartet, dass er später nicht einmal genau schildern konnte, wie alles abgelaufen war.

Als er sich hinunter zur eckigen Öffnung beugte, wurde aus dem Knirschen auf einmal ein scharfes Kratzen, hoch und schrill. Er sah etwas auf sich zuschießen. Es erinnerte an eine Kugel, die da heranflog und ihn genau im Gesicht treffen würde. Um auszuweichen, richtete er sich schnell auf, schaffte es aber nicht mehr zur Seite.

Die Kugel knallte ihm mit voller Wucht in den Bauch und presste ihm alle Luft hinaus. Mit einem dumpfen Stöhnen krümmte er sich und presste die Hände auf seine Mitte.

Tat das weh! Er schwankte, und weil der Schmerz seine Beine in Gummi verwandelte, stolperte er und fiel.

Die Kugel rollte sich ab und stand auf. Es war das Ninja-Mädchen.

Gleich nach dem Aufprall griff Schnuck nach der Feuerzeugpistole. Doch bevor er sie nach oben auf Liz Kiss richten konnte, trat sie auf seinen Unterarm und drückte ihn mit ihrem ganzen Gewicht nieder.

Normalerweise hätte Schnuck sich wehren können, aber noch immer war da dieser pochende Schmerz.

Wie hatte sie es geschafft, wie eine Kanonenkugel angeschossen zu kommen? Wie war so etwas schon wieder möglich? Sie konnte sich in dem engen Rohr doch kaum mit den Zehenspitzen anschieben.

Das Mädchen beugte sich vor und starrte ihm ins Gesicht. Schnuck, der auf dem Rücken lag, erschrak schon wieder.

Auch ohne Kapuze hatte das Mädchen etwas Wildes und vor allem sehr Entschlossenes. Die Augen leicht verengt, fixierte sie ihn und sagte eindringlich: „Du bist ab jetzt ein Zementsack, der flach auf dem Boden liegt und sich nicht bewegen kann. Alles an dir ist so schwer. Du schaffst es nicht einmal mehr, deine Hand zu heben."

Sehr langsam und vorsichtig nahm sie den Fuß von seinem Handgelenk. Natürlich wollte Schnuck sofort wieder die Pistole greifen, aber er konnte nicht. Obwohl er sich anstrengte und ächzte, war sein Arm wie angewachsen.

Liz Kiss trat von ihm weg und gönnte sich ein kurzes, zufriedenes Lächeln. Sie sah ihre Kapuze oben auf dem

Rohrstück hängen, das aus der Mauer ragte. Schnell griff sie danach und zog sie über. Auch wenn der Sand zwischen ihren Zähnen knirschte, fühlte sie sich so sicherer.

Auf einmal aber konnte sie nicht widerstehen. Sie kramte in ihrer Jackentasche und fand, was sie suchte. Elie verwendete niemals Lippenstift, und dieser hier hatte ihrer Schwester gehört. Aber Liz Kiss hatte ihn immer dabei. Er war von einem dunklen Violett und genau geeignet für den Zweck.

Sollte sie nur aufmalen oder richtig küssen?

Ich bin Liz Kiss und werde es überleben, dachte sie. Sie hob den Rand der Kapuze und malte sich die Lippen dick an. Dann kniete sie sich neben Schnuck, der sich wegrollen wollte, aber keinen Zentimeter von der Stelle kam. Sie wischte mit dem Jackenärmel den Schweiß von seiner Stirn und drückte ihm dann einen dicken Kussmund auf.

Der Abdruck war wirklich sehr gelungen. Liz konnte zufrieden sein. Überhaupt war sie nicht mehr so am Boden zerstört wie noch vor einer Stunde. Aber sie musste jetzt nach Hause, bevor ihre Eltern ankamen und vielleicht ihr leeres Bett bemerkten.

Liz Kiss wollte gerade losrennen, da sauste ein schwarzer Schatten von oben herab und verstellte ihr den Weg.

Ein Messer blitzte.

Den Hut hatte Leon tief ins Gesicht gezogen, und er trug ein weites schwarzes Jackett und weite schwarze

Hosen. Er war die ganze Zeit in der Nähe gewesen, weil er Schnuck nicht über den Weg traute. Er streifte ihn nur mit einem schnellen Blick und runzelte die Stirn.

Drohend streckte er das Messer in Richtung dieser komischen Person in dem dunkelblauen Karate-Anzug.

„Sie ist gefährlich. Pass auf", warnte ihn Schnuck.

Leon nahm ihn nicht sehr ernst. Was für einen Schnuck „gefährlich" war, war für einen Leon eine Kleinigkeit. Ein Fingerschnippen, sonst nichts.

Er schleuderte das Messer.

Leon war ein gefürchteter Messerwerfer. Dartpfeile waren für ihn nicht mehr als eine Fingerübung.

Das Wurfgeschoss streifte Liz Kiss' Kapuze und schnitt ein Loch hinein. Es hätte sie nicht treffen sollen, Leon wollte lieber spielen. Er kannte Schnucks Plan, dieses seltsame Mädchen einzusetzen, um den Tresorraum auszuräumen, und er hatte ihn immer für verrückt gehalten.

Wie es aussah, war der Plan eine Pleite, da die Kleine einfach schlauer war als Schnuck. Das war auch wirklich kein Kunststück.

Doch jetzt war damit Schluss.

28

Das erste Messer traf auf der Betonwand auf und fiel klimpernd zu Boden. Sofort hielt Leon das nächste in der Hand, das er mit einer sehr schnellen Bewegung aus einer Tasche geholt hatte, die extra für diesen Zweck in seine Jacke genäht worden war. Um das Mädchen auch ganz bestimmt in Schach zu halten, holte er gleich noch ein Messer heraus. Beide waren wurfbereit auf Liz Kiss gerichtet.

So standen sich Liz und er gegenüber. Beide waren angespannt und atmeten heftig.

Liz schlug das Herz bis zum Hals.

Leon nicht. Er war von überaus großer Kaltblütigkeit.

Keiner der beiden unternahm irgendeine Bewegung.

„Hast du die Safes schon ausgeleert?", wollte Leon wissen.

Liz Kiss schüttelte langsam den Kopf.

„Dann kriech besser los und tu es. Die Alternative wären Löcher in deinen Armen. Willst du das? Ich kann dich auch gerne von deinen Ohren befreien, wenn sie dir lästig sind."

Nein, das wollte Liz ganz und gar nicht.

„Umdrehen und in das Rohr kriechen! Und wage bloß keinen Trick." Leon deutete mit den Messern auf die dunkle Öffnung.

Liz nickte langsam.

Leon gönnte sich ein kurzes Grinsen. Die Kleine hatte Angst, und das gefiel ihm. Er liebte es, Menschen unter Kontrolle zu haben.

Als Liz ansetzte, sich wieder zum Rohr umzudrehen, deutete Leon einen Messerwurf an, um sie zusätzlich einzuschüchtern.

Einen Wimpernschlag später stand sie dann nicht mehr vor ihm. Er hatte wirklich nur für den Bruchteil einer Sekunde die Lider geschlossen und sofort wieder geöffnet.

Liz Kiss war fort.

Er drehte sich einmal im Schacht, und da stand sie hinter ihm.

Mit Leons Ruhe war es vorbei. Er würde jetzt werfen. Dieses Miststück brauchte einen Denkzettel. Zumindest einen blutigen Kratzer.

Das Messer flog und traf die Wand.

Klirrend hüpfte es über den Boden.

„Hier!"

Liz Kiss stand wieder hinter ihm, ungefähr an derselben Stelle wie vorher.

Als er auch das andere Messer werfen wollte, warf sie das Bein wie eine Fußballerin oder Balletttänzerin. Sie verfehlte ihn aber, weil der Abstand zwischen ihnen zu groß war. Leon spürte schon die Schadenfreude in sich aufsteigen.

Diesmal sah er sie entwischen. Es war ein leichter Sprung, der sie zur Seite katapultierte. Der noch immer vorgestreckte Fuß traf ihn dabei am Hals an einer empfindlichen Stelle.

Das Nächste, was er mitbekam, war Schnuck. Leon lag direkt neben seinem starren Kopf am Boden.

„Sie ist gefährlich", hörte er ihn jammern.

„Du bist ein Stein. Ein Fels, der sich nie wieder bewegen kann!" Liz' Stimme drang durch seine Ohren und Augen gleichzeitig. Er hatte das Gefühl, von einem unsichtbaren Strahl angeleuchtet zu werden, der sich wie eine Qualle über sein Gesicht legte.

Leon wollte die Hände in die Höhe reißen, um nach dem nächsten Messer zu greifen. Aber er war zu keiner Bewegung mehr fähig. Wie Schnuck konnte er nur daliegen und fluchen.

Und er stieß einen Schrei aus wie ein verwundetes Tier, als Liz Kiss auch ihm den Lippenabdruck auf die Stirn presste. Dann nahm sie Schnucks Handy und rannte aus dem kleinen Hof hinaus.

Da das Handy noch immer die Taschenlampenfunktion eingeschaltet hatte, konnte sie sich leicht den Weg leuchten. So kam sie über die Baustelle schnell auf die Straße zu der Stelle zurück, wo Schnucks geliehener Wagen abgestellt war.

Und jetzt?

Wo war sie überhaupt?

Es war kurz vor Mitternacht, und Liz Kiss fühlte, wie ihr allmählich die Kräfte schwanden. Die Folgen aller Aufregungen waren erst jetzt zu spüren, aber dafür umso stärker.

Liz ließ sich auf einen Stapel Zementsäcke sinken.

Wenn sie doch nur Lili kontaktieren könnte! Aber ihre Nummer war in Elies Handy eingespeichert, und das lag zertrümmert auf Maras Dachboden. Auswendig konnte sie die Nummer nicht.

Sie starrte auf Schnucks abgenutztes und schmieriges Handy. Es nützte ihr nichts. Sie konnte unter keinen Umständen einfach die Polizei rufen. Später war das möglich, aber sie durfte das nicht persönlich machen. Die Polizei sollte einen Hinweis bekommen, wo die beiden Gauner zu finden waren.

Was aber jetzt? Liz Kiss stand auf und ging die Straße ein Stück hinunter. Die Gegend kam ihr völlig fremd vor. Mit einem tiefen und sehr müden Seufzer sah sie noch einmal das alte Handy an.

Zuerst dachte sie, sie wäre aus Versehen an die Tasten gekommen.

Auf der Anzeige erschien eine Zahl nach der anderen.

Aber ihre Finger berührten sie gar nicht!

Das Handy lag in ihrer offenen Hand.

Ihr nächster Gedanke war, es könnte sich um eine Störung des Gerätes handeln.

Doch die Nummer sah durchaus vernünftig aus.

Als sie die richtige Länge hatte, betätigte sich die Anruftaste von alleine. Liz Kiss konnte noch immer nichts anderes tun, als das Handy anzustarren.

Ein dreifaches Freizeichen ertönte.

„Aloha?"

Es war Lili-U-O-Kalanis Stimme!

„Lili? Ich bin es. Liz Kiss … Elie … ich … "

„Kokoskeks! Wir sind unterwegs. Bewege dich nicht von der Stelle, wenn du nicht musst. Wir kommen."

„Aber … Aber du weißt doch nicht … "

„Ich weiß alles. Vertraue darauf und summe nur Aloha, bis wir da sind."

Fünfzehn Minuten verstrichen, und sie erschienen Elie wie ein Jahrhundert. Dann wurde das Wunder wahr, und Lilis kleines rotes Auto kam durch die Straße gefegt. Mit quietschenden Reifen hielt es an. Aus dem Wagen sprangen neben der fülligen Lili auch Humphrey und Berta. Alle drei eilten auf Liz zu, die sich ihnen einfach in die Arme warf.

Wie lange hatte sie geschlafen?

Elie konnte es nicht einmal schätzen. Sie hatte überhaupt kein Zeitgefühl mehr.

Sie lag in einem weichen Bett und genoss den Duft von Kokos und Meer. Rund um sie rauschten Wellen, ab und zu kreischte eine Möwe, und aus sehr weiter Ferne kamen die Gesänge von Walen.

Elie befand sich in Lili-U-O-Kalanis Wohnzimmer. Sie war beim Aufwachen nur einen kurzen Moment darüber erstaunt gewesen, hatte sich aber schnell erinnert, was am Abend zuvor geschehen war.

Nachdem Lili sie gefunden hatte, hatten sie zuerst das Kunststück vollbringen müssen, sich alle vier in das winzige Auto zu zwängen. Als sie das tatsächlich geschafft hatten, waren sie zum Haus von Elies Eltern gefahren. Ausgestiegen waren aber nur Lili und Berta. Sie hatten geklingelt, und Herr Hart hatte geöffnet. Elie verstand nicht, was Lili und ihre Freundin da machten. Sie sah sie das Haus betreten und ein paar Minuten später zurückkehren.

„Alles in Butter", verkündete Lili.

Berta auf dem Nebensitz klagte: „Ich bin zu dir zur Erholung gekommen und nicht zum Arbeiten."

Auf der Fahrt erklärte Lili, Berta hätte beide Eltern hypnotisiert, die Elie nun bei Lili wussten und fest überzeugt waren, dazu ihre Erlaubnis gegeben zu haben und Lili als gute Freundin von Elie zu kennen.

„Um deine Freundin Mara und ihre Eltern haben wir uns auch gekümmert", erzählte Humphrey.

„Ich habe es gemacht. Ich, Humphrey", korrigierte Berta.

„Gut, dann also Berta. Sie hat dafür gesorgt, dass die drei Liz Kiss nicht mit dir in Verbindung bringen."

„Ein wenig nützliches Aloha hat sie ihnen auch noch verpasst", ergänzte Lili. „Ich meine, mehr Freude und Tanz und weniger Streit."

„Aber da kann ich keine Wunder bewirken", schränkte Berta ein.

Elie fiel wieder ein, dass heute Samstag sein musste. Sie konnte sogar bis Sonntag bei Lili bleiben und sich ausruhen. Nach all den Aufregungen hatte sie das mehr als nötig. Daher nahm sie nur ein paar Schluck von dem Blütentee, den Lili ihr gebracht hatte, und schlief dann weiter.

Erst am späten Nachmittag war sie wieder fit genug, um aufzustehen.

Nach einer langen Dusche saß sie erfrischt und nach Zitronengras duftend mit Lili, Humphrey, Elvira, Keanu und Berta im Garten an einem Tisch, der sich unter kleinen Spießen und Häppchen bog. Sie waren von Keanu gegrillt und schmeckten köstlich.

Es gab viel zu erzählen. Aber Elie kam nur langsam voran, da sie einfach zu hungrig war und sich stärken musste.

„Wie hast du diesen Gauner denn erledigt?", wollte Keanu wissen. Er hatte einen umgedrehten Blumentopf neben dem Grill stehen, den er als Podest benützte, um besser sehen zu können, welchen Fortschritt die nächsten Spießchen machten.

Elie sah zu Humphrey. Sie hoffte, er würde zumindest ein wenig stolz auf sie sein. Dann wanderte ihr Blick zu Lili.

„Ich habe mir gedacht, dass ihr niemals aufgeben würdet. Es hat mir wirklich geholfen, mit euch nur in meinem Kopf zu reden. Ich habe euch wirklich gehört. ‚Spring nach vorne', hat jemand gesagt. Ich glaube, es war Humphrey. Da ist mir klar geworden, ich könnte den Blitzsprung doch auch nach vorne machen. So habe ich mir in der Röhre vorgestellt, wie ich aus der Öffnung schieße wie eine Rakete. Und dann habe ich es einfach getan."

Humphrey zeigte sich sehr beeindruckt. „Ein Meister hätte es nicht besser machen können", lobte er.

„Ach, bin ich stolz auf meinen Kokoskeks!" Lili kniff sie in die Wange.

„Ihr habt euch … Also … Ich meine … es war nicht mehr wie vorher. Ihr seid …" Elie stotterte herum.

Berta hob die Hände und sagte mit tiefer Stimme. „Ich nehme alle Schuld auf mich. Meine Probleme und Sorgen haben Lili zu sehr beschäftigt."

„Nein, Berta, das ist nicht so", sagte Lili. „Ich dachte, Elie wird sich schon bemerkbar machen, wenn es nötig ist. Anela war auch nicht die ganze Zeit in der Nähe. Sie braucht manchmal ihre Pausen, und mir ist entgangen, dass sie sich verabschiedet hat. Als ich von ihr nichts über Elie gehört habe, dachte ich, alles wäre in Ordnung."

Lili schenkte Elie ein strahlendes und gleichzeitig auch ein wenig zerknirschtes Lächeln.

„Ich bin auch nur ein Hula-Mädchen", gestand sie treuherzig ein und erntete dafür viel Gelächter. „Doch wie du erlebt hast, sind wir alle schon miteinander verbunden wie durch unsichtbare Fäden. Bei wahren Freunden ist das so."

Als Elie begann, sich laut Vorwürfe zu machen, weil sie unbedingt jemandem von ihrem Geheimnis hatte erzählen wollen, schnitt ihr Keanu das Wort ab.

„Schluss, Elie. Das ist doch normal. Wir alle wollen über unsere Geheimnisse mit jemandem reden. Natürlich müssen es die richtigen Leute sein, doch manchmal sind wir ungeduldig."

Humphrey pflichtete ihm bei. „Das passiert auch Meistern."

„Ihr wollt mich trösten."

„Ja!", riefen alle. „Ja, weil du nicht allein bist."

Das zu hören, tat irgendwie gut.

Es war Anela gewesen, die Lilis Nummer auf Schnucks Handy getippt hatte. Es blieb ein Rätsel, wie sie das geschafft hatte. Lili verriet Elie, dass Engel das manchmal durften. Aber nur sehr selten …

„Du musst in Zukunft aber noch viel vorsichtiger sein", warnte Keanu.

„Den Blog lösche ich noch heute", versprach Elie.

Keanu eilte davon und kam mit einem Tablet-Computer zurück. Er hielt ihn Elie hin. Angezeigt wurden die Schlagzeilen auf der Webseite einer großen Zeitung. Dort gab es schon den Bericht über den rätselhaften vereitelten Raub und die beiden Kriminellen, die einen violetten Kussmund auf der Stirn trugen. Sie behaupteten, ein Ninja-Mädchen namens Liz Kiss habe die Safes ausrauben wollen, und sie hätten es verhindert, doch das glaubte ihnen niemand.

Die Wirkung der Hypnose hatte sich erst gelöst, als den Männern wieder auf die Beine geholfen wurde.

„Du bist also auch wieder eine Heldin", stellte Lili lobend fest.

„Ich weiß nicht, ob ich das wirklich sein kann. Wenn es um Mara geht, bin ich keine Heldin. Ich meine, da kann ich nur durchs Fenster gucken und mitleiden, aber nichts tun."

Humphrey nickte. „Ja, manchmal bleibt nur das: zusehen und die Menschen tun lassen, was sie glauben, tun zu müssen."

„Aber du kannst doch einfach Maras Freundin sein. Wie ihr es immer ward, und besser. Und mit ihr reden und ihr zuhören", schlug Elvira vor. Sie seufzte und legte die Hände auf die Brust. „Ach, wie hätte ich mir das früher gewünscht, als ich ein Mädchen war. Erst als ich diese verrückten Leute hier getroffen habe, gab es zum ersten Mal echte Freunde in meinem Leben. Weil sie alle so liebevoll und offen sind."

Keanu spielte auf einer unsichtbaren Geige und machte sich ein wenig lustig über Elviras Kompliment.

Für Elie aber ergab es Sinn, was Elvira erzählt hatte.

Am Sonntag, als Lili sie nach Hause fuhr, gab sie ihr eine kleine Weisheit mit.

„Stolperst du einmal, dann sieh das nur als einen Schritt deines Tanzes!"

Damit konnte Elie viel anfangen.

Am Dienstag dann kam ein Anruf, der ihr zuerst einen Schrecken durch alle Glieder jagte. Sie sollte ins Krankenhaus kommen, in dem Pailim lag.

Es wurde noch schlimmer: Ihre Mutter begleitete sie ins Krankenhaus, und beide waren überrascht, vor Pailims Zimmer Madame Alice und eine Thailänderin anzutreffen, die sich als Pailims Mutter vorstellte.

„Ist etwas geschehen? Ich meine, muss sich meine Tochter auf etwas vorbereiten?", fragte Frau Hart vorsorglich.

Pailims Mutter lächelte schwach. „Pailim geht es langsam besser. Die Ärzte sagen, sie wird auch wieder tanzen können. Nicht mehr so gut wie vor dem Unfall. Aber sie wird tanzen. Doch heute wollte sie unbedingt, dass ich Madame Alice und Elie rufe. Sie will ihnen etwas sagen."

Gleich befürchtete Elie das Schlimmste. Pailim würde bestimmt sagen, dass Elie an ihrem Unfall Schuld trug. Wenn das so war, würde sie nie wieder in den Ballettunterricht gehen können.

Wie sollte sie das aushalten? Selbst nicht mehr tanzen zu können wäre schon schlimm genug. Aber schuldig zu sein, dass ein Mädchen, das schon fast ihre Freundin war, nie wieder das tun könnte, was es immer am liebsten getan hatte, dieser Gedanke erschien Elie kaum erträglich…

Pailim war weiß wie das Kissen, auf dem sie lag. Ihre schwarzen Haare waren offen und lagen über ihren Schultern. Sie blickte den Eintretenden entgegen.

„Es sind zu viele für sie", sagte eine strenge Schwester in makelloser Uniform.

„Bitte, alle bleiben!", sagte Pailim leise.

„Nur zehn Minuten." Die Schwester schob warnend die Augenbrauen zusammen und warf allen einen finsteren Blick zu.

Langsam ging Elie auf das Krankenhausbett zu. Die verchromten Stangen machten ihr irgendwie Angst. Die bleiche Pailim tat ihr so leid.

Madame Alice trat zu Pailim und legte ein Päckchen in Geschenkpapier auf ihr Nachtkästchen. „Es ist ein Buch über all die wunderbaren Tänzerinnen, die deine großen Vorbilder sein sollen", sagte sie so weich und freundlich, wie Elie sie noch nie zuvor hatte reden hören.

Elie fühlte sich gleich noch schlechter, da sie nicht einmal an ein Geschenk gedacht hatte und nur voller Angst war, was Pailim zu sagen hatte.

„Elie!" Pailim machte ihr mit einer Hand ein Zeichen, zu ihr zu kommen. Elie tat es zögernd. Sie musste auf Pailims Gipsbein starren, das durch eine spezielle Vorrichtung gestreckt wurde. Es stand so unnatürlich in die Höhe.

„Ist es nicht komisch?", fragte Pailim, die Elies Blick bemerkte.

„Tut es dir sehr weh?"

„Geht so. Aber ein Milchshake von *Max* würde alles leichter machen."

Die Ballettlehrerin runzelte fragend die Stirn.

„Ich will wieder mit dir zu *Max* gehen und reden", wünschte sich Pailim.

„Das ... Das machen wir sicher." Elie war über diesen Anfang schon einmal froh. „Vielleicht kann ich auch mal einen Milchshake mitbringen." Sie sah Pailims Mutter leicht zusammenzucken und schob sofort nach: „Später, wenn es dir besser geht."

„Bitte, ja!" Pailims müde Augen leuchteten. Sie drehte den Kopf ein wenig, damit sie zu Madame Alice sehen konnte. „Bitte, Elie soll das Solo tanzen. Sie ist so gut. Sie ist viel besser, als Sie immer meinen."

Selbst in diesem Moment behielt Madame Alice die Kontrolle über sich. Sie meinte nur: „Wir werden sehen, Pailim. Die nächsten Stunden werden es uns sagen."

„Ich ... Ich weiß nicht ... " Elie war sofort wieder unsicher.

„Du musst tanzen, Elie. Du darfst nicht aufhören." Pailim sah von einem zum anderen. „Es ist nicht Elies Schuld, sondern nur meine. Ich bin einfach losgelaufen. Ich bin schon früher einmal fast in ein Auto gerannt. Ich wollte es allen sagen. Elie ist meine Freundin. Eine echte Freundin."

Auf einmal spürte Elie, wie in ihr die Tränen aufstiegen. Sie machte noch einen Schritt vor und drücke Pailims Hand, die den Druck erwiderte.

„Ich komme dich besuchen. Wenn ich darf. Ich komme gleich morgen wieder", versprach Elie.

„Erst nach dem Ballettunterricht", schränkte Madame Alice ein.

Die Schwester öffnete von außen die Tür und räusperte sich auffordernd. Es war Zeit zu gehen.

Pailims Mutter bedankte sich bei allen sehr für ihr Kommen. Zu Elie sagte sie: „Ja, bitte komm bald wieder."

Vor dem Krankenhaus blieb Frau Hart plötzlich stehen und sah ihre Tochter an. „Elie, ich bin wirklich beeindruckt."

„Wieso?"

„Weil ich es sehr schön finde, wie sehr dich deine Freundin schätzt. Ich wünschte, ich hätte das auch gehabt, als ich so alt war wie du."

Das war ein großes Kompliment, und es ließ Elie strahlen.

Am Abend stand sie am Fenster und sah hinaus in den Garten. Ihr Vater hatte Scheinwerfer unter einigen Büschen und Bäumen aufgestellt, die das Blattwerk anstrahlten und es geheimnisvolle Schatten werfen ließen.

Sie sah zum Himmel hoch, wo ein heller Halbmond stand.

Es waren aufregende Tage gewesen, und Elie hoffte auf eine ruhigere Zeit. Eine Weile würde sie Liz Kiss ruhen lassen. Sie musste ohnehin warten, bis Elvira den Anzug repariert hatte. Ihr Kampf mit Schnuck und Leon hatte doch ein paar Spuren hinterlassen.

Ein Gedanke flog von Elie zu Ingo. Er war der einzige Grund, wieso sie den Anzug bald zurückhaben wollte. Nur hinter der Maske verborgen, konnte sie ihn besuchen.

Das wollte sie bald wieder tun.

Ob er jetzt auch vielleicht zum Mond sah wie sie?

Ingo tat es. Und er dachte an Liz Kiss.

„He, Chef, nichts mehr anzufangen mit dir!“, beschwerten sich seine Freunde, die gerade ein neues Computerspiel ausprobierten.

„Ach, klar doch!“ Ingo drehte sich zu ihnen und grinste. Er war wieder der Alte und machte auf cool.

Nur Liz kannte sein Notizbuch und sein Geheimnis.

Sie würde es niemandem verraten, aber sie wollte mehr aus dem Buch hören.

Also konnte Liz Kiss nicht allzu lange untergetaucht bleiben. Sie würde zurückkehren.

Was sie alles erwartete ...

Name: **Thomas C. Brezina**

Beruf: **Geschichtenerzähler**

Sein erstes Buch hat Thomas zu schreiben begonnen, als er acht Jahre alt war. Geschichten ausdenken und schreiben ist bald nach der Schule sein Beruf geworden.

Thomas schreibt Drehbücher für das Fernsehen und für Filme, Theaterstücke und Musicals, Songtexte und Bücher. Mehr als 550 Bücher gibt es von ihm in rund 30 Buchserien, die in mehr als 35 Sprachen übersetzt worden sind. Er hat die *Knickerbocker-Bande* erfunden, das *Tiger-Team*, *Penny*, *Pssst! Unser Geheimnis*, *Alle meine Monster*, *Tom Turbo*, *No Jungs!*, *Liz Kiss*, *Das Museum der Abenteuer* und viele mehr. In China sind seine Bücher einer der größten Erfolge des Landes, deshalb hat er dort den Namen „Meister der Abenteuer" bekommen.

Thomas lebt in London und Wien und sein Motto lautet: Die Welt steckt voller Überraschungen, die nur darauf warten, von uns entdeckt zu werden.

Das C in seinem Namen steht übrigens für Conrad.

Seine Lieblingsspeisen wechseln. Er geht gerne ins Theater, liest, trifft Freunde, liest, träumt, lässt Geschichten im Kopf wachsen, kocht neuerdings, liest jeden Tag etwas Lustiges, staunt und sucht ständig nach neuen Ideen. Er liebt elektronische Geräte und hat einen Notizblock in seinem Handy mit mehr als 3.000 Einträgen.

Vom schüchternen Mauerblümchen zur ninjastarken Superheldin

Sie ist stark. Sie ist geheimnisvoll. Und sie hilft, wo immer sie gebraucht wird. Doch wer ist dieses Supermädchen, das gemeinen Dieben mit Kung-Fu das Fürchten lehrt und auch der größten Zicke mit Charme und Witz die Hörner stutzt? Alles, was man von ihr weiß, ist ihr Name, Liz Kiss. Ihr Markenzeichen: ein glänzender Kussmund. Wirklich niemand käme auf die Idee, dass sich hinter der nachtblauen Ninja-Maske ausgerechnet Elie, das mausgraue Mauerblümchen, verbirgt. Und auch Elie muss noch lernen, ihrem Alter Ego zu vertrauen.

Thomas C. Brezina
Liz Kiss
Band 1: Mauerblümchen duften besser
ca. 180 Seiten, gebunden
€ 8,99 [D]
ISBN 978-3-505-13013-7

Kinder lieben Schneiderbücher!

www.schneiderbuch.de

Schneiderbuch will's wissen!

An:
Schneiderbuch
Köln

Deutschland

Gefallen dir unsere Bücher?
Schreib uns deine Meinung und gewinne!

www.schneiderbuch.de/deinemeinung

Kinder lieben Schneiderbücher!

Schneiderbuch
EGMONT

www.schneiderbuch.de